StoryMaking

The Maker Movement Approach to Literacy for Early Learners

儿童故事创作

——探究、想象与意义建构

〔美〕Michelle Kay Compton　著
　　　Robin Chappele Thompson

程绍仁　译

中国轻工业出版社

图书在版编目（CIP）数据

儿童故事创作：探究、想象与意义建构／（美）米歇尔·凯·康普顿（Michelle Kay Compton），（美）罗宾·查普尔·汤普森（Robin Chappele Thompson）著；程绍仁译.—北京：中国轻工业出版社，2021.9（2022.10重印）

ISBN 978-7-5184-3478-7

Ⅰ.①儿⋯ Ⅱ.①米⋯ ②罗⋯ ③程⋯ Ⅲ.①儿童故事－文学创作 Ⅳ.①I058

中国版本图书馆CIP数据核字（2021）第087390号

版权声明

StoryMaking: The Maker Movement Approach to Literacy for Early Learners
by Michelle Kay Compton & Robin Chappele Thompson
Copyright © 2018 by Michelle Kay Compton & Robin Chappele Thompson
Published by arrangement with Redleaf Press c/o Nordlyset Literary Agency
through Bardon-Chinese Media Agency
Simplified Chinese translation copyright © 2021
by Beijing Multi-Million New Era Culture and Media Company, Ltd.
ALL RIGHTS RESERVED

总 策 划：石　铁
策划编辑：张天怡　　　责任终审：腾炎福　　　责任校对：万　众
责任编辑：张天怡　　　责任监印：刘志颖

出版发行：中国轻工业出版社（北京东长安街6号，邮编：100740）
印　　刷：三河市双升印务有限公司
经　　销：各地新华书店
版　　次：2022年10月第1版第2次印刷
开　　本：710×1000　1/16　印张：12.75
字　　数：92千字
书　　号：ISBN 978-7-5184-3478-7　定价：68.00元
读者热线：010-65181109，65262933
发行电话：010-85119832　传真：010-85113293
网　　址：http://www.chlip.com.cn　http://www.wqedu.com
电子信箱：1012305542@qq.com
如发现图书残缺请拨打读者热线联系调换
200782Y1X101ZYW

译 者 序

在学前教育领域学习和工作的第20年，我非常荣幸地接到"万千教育"的邀请承担本书的翻译工作，这是对我多年从事学前教育专业工作的鼓励和支持，更是对我走入学前教育领域20年的宝贵纪念，让我对学前教育有了更多的期待与热爱。2020年注定是个让所有人都难以忘记的一年，在全国人民响应国家号召居家抗击新型冠状病毒肺炎的特殊日子里，我与儿童故事有了新的相遇。每次翻译书稿时，我都感到前所未有的宁静、欢乐与力量。更为兴奋的是，作为一名学前教育工作者，我可以用这样一种方式贡献自己的专业力量。

作为儿童语言发展的主要方式，如何编好故事、讲好故事以及分享好故事一直是学前教育教学与科研领域十分关注的核心内容。本书以当下国际上十分流行的创客教育为基础，通过故事创作全面系统地促进儿童综合语言能力的发展，将创客运动完美地与学前教育有机融合。2015年3月，国务院发布了一系列支持"众创空间"和创新创业的措施，各地创客空间纷纷涌起，而2015年也被称为"众创空间元年"。在不足十年的时间里，我们非常欣喜地看到了创客运动在学前教育领域生根发芽，为我们重新认识创客运动和儿童语言发展提供了新的视角。

以创客为主体的创客运动，以分享技术、交流思想为其乐趣所在，创客运动的核心是创意，是对个体独特心智、情感、审美方面创作力的捕捉与呈现。作者将创客运动的主旨精神引入幼儿园语言领域的日常教学，并借鉴"5E"教学模式[1]、大六教学法[2]以及瑞吉欧教育的相关理念，创设了一套系统的儿童故事创作理论。通过一个个鲜活生动的儿童故事创作案例，将动态的、开放的和多元的创新精神融入儿童世界，实现了每一位学前教育专业工作者培养儿童创新意识、形成儿童创新思维和发展儿童创新能力的理想。更为重要的是，在幼儿园日常生活中开展创客运动，有助于将儿童的生活世界建设成一种具有典型包容性的学习共同体，在他们的精神世界创设出一种充满生机的创客文化。

本书从故事创作的概念、环境创设到故事创作文化，从故事创作如何开始到怎么丰富故事内容，从对儿童角色的探寻到挖掘文本的独特意义，为广大读者完整地诠释了故事创作理论，又透过生动的儿童故事案例系统地向成人展示如何将故事创作付诸实践，这对广大的幼儿园教师和家长朋友来说都是难得的学习机会。通过故事创作，教师和家长可以跟随儿童故事创作的节奏，真正走入儿童的内心深处，感受他们在思维、认知、情绪和行为上点点滴滴的变化，相信教师和家长会发现不一样的儿童，也会找到不一样的自己。

在国内学术领域，将儿童与故事联系在一起时，我们更习

---

[1] 一种建构主义教学模式，用以培养儿童的科学探究能力，包括引入（engagement）、探究（exploration）、解释（explanation）、迁移（elaboration）和评价（evaluation）5个教学环节。——译者注

[2] 一种采用问题解决模式的教学法，英文为"Big 6 Skills"，引导学习者通过界定任务（Task Definition）、搜寻资讯（Information Seeking）、定位后取得（Location & Access）、资讯运用（Use of Information）、综合（Synthesis）和评估（Evaluation）六大步骤达成有效学习。——译者注

惯称之为"故事编写""故事编构"或"故事创编",在翻译过程中,译者更偏爱将传统的"故事创编"翻译为"故事创作"。从创编到创作的跨越,不仅是因为本书涵盖了从获得故事灵感、探索故事材料、初编故事内容、修改故事情节再到故事分享与交流等诸多环节,更是因为作者在其中为读者传递的创造理念,这是作者的初衷,也是所有学前教育工作者为之努力的方向。

在译作出版之际,衷心感谢两位原著作者米歇尔·凯·康普顿(Michelle Kay Compton)和罗宾·查普尔·汤普森(Robin Chappele Thompson)为我们撰写了这样一本出色的著作,感谢他们为所有的学前教育工作者提供的语言领域新视角、新方法与新内容;感谢"万千教育"张天怡老师在翻译过程中不辞辛苦的反复沟通,她精益求精和严谨认真的专业态度给我留下非常深刻的印象;感谢我的研究生曹春云、彭凡凡、王欣林、王兰兰、王敏和马越六位同学在翻译过程中的协助工作。

限于译者的水平有限,加之时间仓促,翻译不当之处,敬请读者批评指正。

程绐仁
2021 年 3 月

前　　言

　　香农老师是一名幼儿园教师，她正被一群玩着积木和开放性材料的小男孩围绕着。她问一个4岁的孩子："你在做什么？"杰登说："我在动物园看到了一只水獭。"他正在用材料搭建动物栖息地来分享自己在动物园的经历。几天后，杰登正在使用艺术材料时，香农老师又问他："你在做什么？"杰登继续谈起了动物园，这次他谈到了老虎，并选择用橙色和黑色的蜡笔在纸上涂涂画画，然后大声地向香农老师讲他的故事。"有一天，动物园里来了好几只水獭。狮子和老虎在一起玩。"杰登知道，他所做的和所画的都是有意义的，它们承载着他的故事并且可用于分享。于是，他问香农老师是否可以把故事写在纸上和全班的小朋友分享。

　　这就是故事创作的美妙之处！它允许儿童用自己的创造力和材料进行创作（创客），口头讲述故事（故事讲述者），探索讲述的形式和方法（艺术家），以及研究如何用符号和文字在纸上呈现（写作者）。在当今的早期学习环境中，越来越多的学业压力使儿童的游戏时间日益减少，但故事创作可以让使用材料的游戏成为儿童一天的活动重心，他们可以想象、扮演、创作和分享生活中的故事。

我们的日常工作

我和米歇尔在一个公立学区工作，这里从幼儿园到 12 年级的学生达 48000 多名。我们很荣幸能与学区的早期学习团队、幼儿园教师和儿童在一起。我们的早期学习团队由一群善于深度思考的研究者组成，他们充满好奇、疑问，不断寻求新的方法以促进早期学习者和教师的发展。教师们勇于冒险、乐于尝试新的思想，积极跟随儿童的兴趣、好奇心和求知欲，我们也惊叹于儿童的智慧、问题、创新，以及他们每天给予我们的新经验。我们热爱自己所做的一切！

目前，有 1000 多名幼儿园儿童参加了我们的早教项目。在学校系统中，我们拥有多样化的儿童群体，其中白人占 48%，非裔美国人占 14%，西班牙裔占 33%。其中，约有 55% 的儿童在经济上处于劣势。我们拥有"提高学业不良者的成就"[1]（Improving the Academic Achievement of the Disadvantaged，Title Ⅰ）项目中的 20 所学校，共计 40 个幼儿园班级，超过 75% 的儿童享有减免午餐费用的福利。我们的幼儿园包括具有特殊需要（或权利）的儿童、融合教室，以及正常发展的儿童。

我们拥有一支多样化的教师队伍。有的教师具有学士学位，有的教师具有硕士学位，也有教师持有其他专业资格证书，更有教师获得了国际儿童发展导师资格认证。

---

[1] 美国政府于 2001 年发布的《不让一个孩子落后法案》（No Child Left Behind Act）试图为真正解决劣势儿童的学业问题，缩小不同背景儿童的学业差距而提出的第一个主题项目。——译者注

故事创作的诞生

以往的专业评价结果表明，我们州的儿童在口头语言技能方面存在不足。我们一直致力于支持和提高年幼儿童的口语发展，因此开展故事创作活动的主要目的是满足这个特定领域的相关需求，但我们也希望学习中充满游戏和乐趣！我们期待的是跨越多个学科的学习，而非单纯的技能训练。我们努力建立一种体系，它既有助于达成对年幼学习者的发展期望，又能尊重儿童的读写能力、好奇心和创造力。

学区实施了一项旨在提高儿童主动参与能力的专项计划，但我们知道，任何计划都要对年幼的学习者具有高度的吸引力。我们一直在研究创客运动的潜在可能性，这是儿童运用东西进行创造并在其过程中获得学习的一种趋势（Heroman，2017，4）。我们深信，孩子是真正的创客，"创客是一群充满好奇心的人，他们关于某个特定主题的兴趣和思考会引发一系列质疑和探究"（Brahms & Crowley，2016，20）。我们试图将创作与游戏和学习结合起来，创设一个由兴趣驱动的融合性共同体，进而共享儿童的创新、疑惑、过去和故事。创作通常表现在STEAM[1]领域，而不是在口头语言方面。然而，"如果将STEM[2]技能作为以创客为中心的主要学习成果，就没有抓住问题的关键……以创客为中心的学习有助于儿童发展个人能动性和自我效能感"（Ryan et al.，2016，35）。

---

[1] 即科学（Science）、技术（Technology）、工程（Engineering）、艺术（Art）、数学（Mathematics）。——译者注

[2] 即科学（Science）、技术（Technology）、工程（Engineering）、数学（Mathematics）。——译者注

根据洛里斯·马拉古奇（Loris Malaguzzi）和瑞吉欧·艾米利亚（Reggio Emilia）的理论，我们相信所有儿童都是聪明的、富有创造力的、机智的，他们能用不同的"语言"表达个人才能，包括视觉艺术、积木建构、拼贴、舞蹈、音乐、运动、读写、数学、科学、社交情感语言和肢体语言。我们积极为儿童提供各种机会，便于他们选择自己的"语言"和开放性材料创作故事。故事创作是我们为符合学业标准，解决儿童的口语问题，将创作、学习实践、思维和参与引入创作过程中的方式。由此，故事创作便应运而生。

故事创作需要具备一些条件。第一，创客。创客是"一个人——任何一个人——任何一个从事创作的人"（Clapp et al., 2016, 5）。可以说，儿童就是进行故事创作的创客。第二，创客空间。创客空间是一个"将人们聚集在一起，用各种真实的工具进行调整、制作、发明、创造、探索和发现的地方"（Heroman, 2017, 5）。第三，故事。主要是指那些具有不同家庭背景、过去、经历、观点和想法的儿童所带来的故事。同时，我们也需要材料。创客使用材料（工具、人工制品、物品、开放性材料等）创作故事。第四，需要一个能够将上述条件整合起来完成故事创作的流程。我们观察儿童创作故事、做笔记，以及对他们所做的事情进行分析和分类。他们运用想象力进行游戏、创作和分享。这就是故事创作的流程，在这里，年幼的学习者可以想象、表演、创作和分享日常生活中的故事。他们就是故事创作的主人。

我们希望你进行个性化的故事创作，它能够满足你和儿童的需求。我们迫不及待地希望你加入我们的故事创作旅程，尽可能地提示你我们已走过的弯路，帮助你避免这些错误。我们也期待你的创意和想法，那么开始吧！

本书的结构

我们按照故事创作的时间顺序安排了本书的章节。从头开始阅读，你可以边阅读边尝试一些做法，随着阅读的推进逐步尝试接下来的步骤。或者，可以根据自己的需要自主选择章节阅读。例如，如果不需要关于故事材料的信息，那么可以跳过第2章的某些内容。

第1章讨论了什么是故事创作，展示儿童在创客空间中进行故事创作的情形。我们将介绍故事创作的流程以及各项细节，包括如何通过故事创作将创客运动付诸实践。第2章通过重点阐释班级环境帮助你做好开始故事创作的准备工作，讨论如何在一天中寻找合适的时机，如何运用已有区域和选择何种材料进行故事创作。第3章提供了在班级里形成"故事创作文化"的理论依据和方法指南，详细阐述了如何设置探究过程，为故事创作文化的形成做好准备，描述了我们在班级里采用的探究流程，并提供了我们在故事创作过程中观察到的实例。第4章提供了有关如何开始故事创作的实践建议，并为开启故事创作的第一阶段提供了具体的说明和文本。第5章帮助你成功进入故事创作的第二阶段，包括教案设计和实用建议，帮助你重新吸引儿童、改变环境、提供新挑战和使用故事范文。第6章概述了第三阶段的课程，包括在班级里呈现故事和分享故事的多种方式。第7章探讨了记录和评价，包括便于教师掌握每个故事和儿童的进步情况的记录。

阅读全书，你可以发现一些共同特点。在每一章的开头，我们都会举一个班级实例说明故事的创作过程。一般来说，教师不希望被教导如何做事，他们可能没有时间一页一页地阅读研究报告，只是想看看大体情况。尽管新的做法会令人产生一些忧虑（"这是额外的事情，我们不用必须做"），但我们发现，在了解了故事创作的整体情况后，教师会说"我能做"或"我已经做完了大部分工作，只需要小小地改变一下"。这就是我们的开始。我们在阐述的同时展示儿童的照片，以及他们的工作、言语和其他形式的记录。

已经在运用故事创作的教师也分享了自己的经验。他们勇于冒险、乐于诚恳地分享，在教学实践中不断成长。他们将探讨一路上所犯的错误、吸取的教训和取得的进步。你需要听一听他们的意见。

特殊权利。每章均涉及不同儿童的多样化需求，并有针对性地设计了不同的有趣之处，其中包括有特殊需要的儿童和英语学习者。根据瑞吉欧·艾米利亚的理论，我们将这些儿童称为"有特殊权利儿童"，这并不是说他们比其他孩子拥有更多的权利，而是说我们需要在学校、医疗机构、社会服务机构和其他校外机构之间协调他们的权利，而且并不是每个人都能意识到这些儿童应具有的权利。享有特殊权利的儿童可能需要特别的关注、定制的材料或各种学习机会。我们喜欢故事创作的原因之一就是它具有包容性。故事创作为所有儿童提供了新的学习途径，以及分享自己的作品的机会，而这些作品往往易于受到舞蹈、绘画、黏土创作、雕塑等活动的影响。故事创作尊重文化的多种表达方式，有助于教师追踪所有儿童的进步和记录他们的学习情况。鉴于班级中有各种各样的学习者，我们必须想办法提高他们的读写能力，记录他们的成长，并确保下一步活动的成功。故事创作使其成为可能。

创客时间。记录这些故事和一路上的成功案例对于推进故事创作极其重要。因此，我们在每一章的末尾都会停顿一下，反思自己从故事记录中学到了什么。它可以让我们深入曾经工作的教室，与那些创作了许多令人震撼的故事且乐于分享的儿童相遇。我们希望你在这段时间里不仅回顾学到的内容，而且欣赏每位故事创作者的成就。

✸ ✸ ✸

现在，我们准备分享我们的所有想法、研究和资源。我们提供基于研究进行决策的理论基础，供你参考。我们不会把研究结果呈现出来，而是让你探索如何与年幼的学习者将其转化为现实。我们将为你提供各类实践方法和支持性记录，引导你进行思考和更好地决策。

通过本书，我们创造了一种故事创作文化，欢迎你的到来、参与，并鼓励你调整和重新审视我们所展示的内容，进而满足你和儿童的各种需求。我们是一个具有包容性的共同体，所有人都在一起学习和成长，每个人都有自己擅长的领域，以及可以被重新想象、表演、构思、创作、分享的故事。我们邀请你成为我们故事创作文化中的一员。请加入我们吧！

目　录

第 1 章　什么是故事创作　　1

一间充满故事的教室　/ 1
故事创作与 21 世纪学习　/ 9
通过故事创作建构意义　/ 10
故事创作环　/ 12
关于有特殊权利儿童的建议　/ 23
结语　/ 24

第 2 章　故事创作的环境　　27

为故事创作创设有趣的环境　/ 27
为故事创作设定时间　/ 29
故事创作的材料　/ 31
故事创作的空间和材料　/ 36
如何开始故事创作　/ 45
关于有特殊权利儿童的建议　/ 46
结语　/ 46

第 3 章　基于探究的故事创作文化　　49

运用不同的材料重新创作故事　/ 49
故事创作需要探究文化　/ 52

建构故事创作文化的程序与常规 / 53
故事创作文化培养儿童的能动性和个性 / 59
故事创作行为 / 61
探究过程的三个阶段 / 66
故事创作文化中的家庭 / 71
关于有特殊权利儿童的建议 / 72
结语 / 72

第4章 故事创作如何开始   77

故事创作的第一课 / 77
从游戏走向故事创作 / 80
开始故事创作 / 84
介绍新材料 / 92
关于有特殊权利儿童的建议 / 101
在第一单元的第一阶段可以期待什么 / 102
结语 / 103

第5章 如何在故事创作中成长   105

故事再创作课程 / 105
通过修改和使用故事范文发展技能 / 108
让学习者接触新的材料或创客空间 / 110
如何保持井然有序 / 114
帮助儿童制订故事创作计划 / 120
运用图书教授故事创作 / 123
关于有特殊权利儿童的建议 / 129
在第一单元的第二阶段可以期待什么 / 131
结语 / 132

第 6 章　促进儿童交流与学习的方式　　135

故事交流的程序 / 135

通过谈论、写作和发表分享故事 / 137

在创客谈话时间分享故事 / 139

让儿童对彼此的故事做出回应 / 140

通过写作分享故事 / 143

通过发表分享故事 / 149

我们必须好好庆祝一下 / 156

关于有特殊权利儿童的建议 / 158

在第一单元的第三阶段可以期待什么 / 158

结语 / 159

第 7 章　记录的作用　　161

记录为儿童和教师创造了机会 / 161

什么是记录 / 163

学习记录 / 163

关于有特殊权利儿童的建议 / 176

结语 / 177

附录 / 181

第 1 章

什么是故事创作

一间充满故事的教室

我走进香农老师的教室,正好赶上一节焦点课程的开始。焦点课程是具有学习目的的短课,教师呈现、演示和分享自己的想法。所有儿童都聚集在地毯上。米歇尔老师正在上课,香农老师在一旁观看和录像。米歇尔老师说:"早上好,我的小故事家们!"儿童在米歇尔老师的身旁高兴地蹦跳着。现在,他们已经完全认同了"小故事家"这个身份,毕竟他们每天都在创作故事。在故事创作过程中,米歇尔老师和香农老师一直都在使用故事范文清楚地教儿童视觉识读技能。故事范文是一些文学故事,教师和儿童可以出于不同的目的重复阅读。儿童通过讨论书中插图所传达的情感、背景和细节,尝试将课上学到的经验复制和应用到自己的故事中。

米歇尔老师:你怎么看这幅图片?

安娜贝尔:傻傻的。

米歇尔老师:为什么?

安娜贝尔:她看起来就傻傻的。

米歇尔老师:为什么她看起来就傻傻的?

安娜贝尔：她在用嘴做这个动作（做了一个鬼脸），摆弄着手，眉毛上挑，看起来很傻。

米歇尔老师重新提起昨天讨论过的一幅图片，上面是一个受到惊吓的人。

米歇尔老师：可以向我展示受到惊吓的样子吗？

安娜贝尔和其他儿童扮起了鬼脸。

米歇尔老师：这对我们自己画画有什么启发呢？

安娜贝尔：她的头发都竖起来了，表明她害怕了。

卡利：她的眼球看起来很大，头发是竖直的。

米歇尔老师在便利贴上写下了面部表情单词，并把它放在图片中人物的脸旁边，还对这个图做了注释，让儿童能够清楚地理解。

通过在图旁添加注释告诉儿童如何在画中添加细节

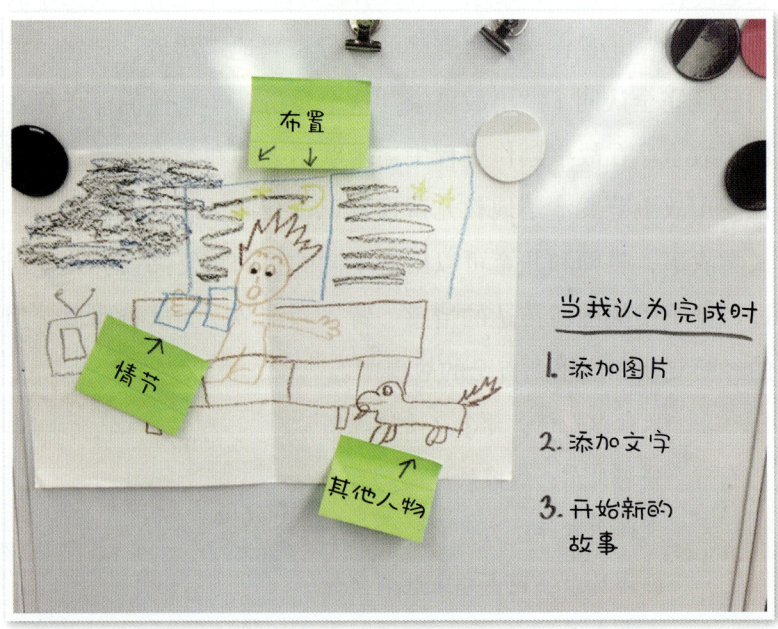

儿童相互对话，他们做着鬼脸，装作又傻又害怕的样子。在简短的交流和分享书中的几个案例后，教师给儿童一些"思考时间"。紧接着，儿童和同伴谈论自己的故事，并讨论如何在图中添加一些细节和色彩来更好地传达故事中人物的情感。一个儿童转过头来跟我讲起了她的故事。

达拉西亚：我的故事是当我在床上睡觉的时候，格温德琳吓了我一跳，还说"我们躲猫猫！"

儿童分享自己构思故事的亮点后，开始设想用什么材料表现自己创作的故事。

莱拉：我的故事讲的是我和我妈妈，我吓到她了。

米歇尔老师：你打算用什么材料创作你的故事呢？

莱拉：拼贴材料。

米歇尔老师：那你开始吧。

莱拉迅速走向拼贴桌，开始创作故事。

儿童十分兴奋，他们或是继续之前的故事创作，或是开始新的故事。不到 2 分钟，教室里四处都是讨论故事的嘈杂声。儿童认真地琢磨、创作或是丰富他们的故事。有的儿童选择和同伴一起创作故事，而有的儿童在一旁安静地想着自己的故事。香农老师用一个文件夹进行记录，每天提醒自己每个孩子创作故事的进展情况。她时常与儿童沟通，到他们创作故事的地方查看创作进展，和他们详细交谈。

莱拉正在使用拼贴材料进行故事创作

香农老师正在记录儿童的故事创作情况

我首先来到教室的预备区，这里有木棍、细树枝、胶带、胶水、橡皮筋、硬纸板、衣夹和夹子等。我们相信，教室里的所有空间都可以成为创客空间，这个创客空间后来被称为"预备区"，因为儿童利用这个空间思考如何使用工具和材料，从而创造故事中的人物、地点和事件。他们确实做到了！当加布里埃尔离开时，我听到他对一个同伴说："我要做点东西。"他径直向预备区走去。后来，我和香农老师谈起加布里埃尔和他在那个区域的工作时，她说："我很清楚地记得他的故事，因为这是他在学校里第一次真正建立生活与故事创作之间的连接。"这个空间最初的目的是让儿童熟练地使用工具，但他们在游戏和创作故事的时候，可以将它用于各种各样的目的。

四个女孩正在创作、交谈，并为她们的故事添加细节。桌子上摆放着蜡笔、油画棒、粗细不等的马克笔、粉笔和很多白纸。小姑娘们一边画画一边讲述着她们的故事,并回答彼此关于颜色、情感、材料和故事情节的问题。一个小男孩加入了这个小组,并和她们一起讨论分享("我正在用蜡笔")、友谊("你们能成为我的朋友吗")、礼貌("别那样叫他")等问题。不到1分钟,他们就回到了创作故事、探究材料、提出问题、回答彼此的问题、寻求彼此的意见、表演和再创作故事中,小男孩也正式被接纳为这个小组的一员。

儿童正在用艺术材料创作故事

达拉西亚画画的时候,开始给我讲她的故事。在焦点课程和我分享她的感受后,短短的几分钟内,她的整个想法迅速拓展。她调整原来的想法,并改换思路,现在这个故事里有了一个鬼魂、一些对话,以及背景和情感细节。

我睡觉的时候格温德琳吓了我一跳,还有一个鬼魂。那是我和格温德琳。（她指了指她的画）真正的鬼魂就在这里，格温德琳就在这里。她说："我们要去睡觉了。"她把我吓坏了。妈妈在客厅里，格温德琳让我待在床上。那就是我。我看起来很害怕。妈妈让我出去，但格温德琳把门关上了。

我需要看看其他的故事，所以很不舍地离开了绘画桌。在去拼贴区的路上，我经过一个到处是乐高玩具的游戏区域。三个男孩和两个女孩正在创作故事。这里有一个用乐高积木建造的城堡，还有一个用乐高玩具做的蝙蝠正在飞。每个孩子都在游戏、创作和丰富故事，全神贯注地创造故事的场景、人物和细节。当儿童在创作故事时，他们不断调整各种材料以更符合故事的需要。

在另一个有着大量拼贴材料的创客空间里，一个敞开的钓具箱装满了儿童的宝物。它的隔层里装着五颜六色的零部件——废旧材料、开放性材料、手工用品。其中一个盒子装有绒球、羽毛、纽扣、木盘、玻璃珠、冰棒棍、木制勺子，有的盒子还装有橡胶片、毛毡、彩纸、故事范文、美术纸和胶水，每个孩子都可以使用这些材料。

两个女孩正在拼贴区创作故事。她们从一张空白画布开始，一个女孩选了一张浅蓝色的毛毡，一个女孩选了一张"像夜晚一样"的深蓝色美术纸。她们正在讨论用什么样的材料最符合故事里的人物，这个人物又应该有什么样的发型：她们彼此依赖，互相提供专业知识。她们用一根长长的编织线来回穿梭，并试着用它塑造人物。最终，她们选择了看起来最合适的角色。她是一个梳着长长辫子的木头人。她们讨论着，木头人的辫子如果被拿掉，她就会流血，那太可怕了。我听到她们谈话时使用了"可怕"和"愚蠢",教师在插图课上重点讲解了这两个词。当我问她们是否愿意分享故事时,她们都表示不愿意,但其中一个女孩之后改变了主意,决定分享一点。

  我的故事讲的是我妈妈正在读一本书,我大叫一声,妈妈吓了一跳,我的鱼也吓得抬起头来,就像这样(她做了个鬼脸)。

  我走到积木区。这里有着大大的积木,积木被染了色,木纹显露出来。这里有两个小朋友,一个女孩和一个男孩。男孩把三辆汽车稳稳地放在一座高楼上,汽车按小、中、大进行排列。他的膝盖上有一辆小车,男孩沿着腿将车来回移动。女孩身边摆放着一群小塑料动物,手里拿着一只海豚,正朝着积木上的三辆汽车游去。两个孩子边来回走边讨论着,又移动着海豚和汽车。我听不清他们在说什么,但是我知道他们在用不同的材料一起创作一个故事。

积木区的儿童正在表演和创作故事

在另一个区域，两个男孩建造了一座木桥，连接着两个高高的鞋盒塔，他们正在聚精会神地创作故事。

我又走到娃娃家，这里已经变成一个安静的写作空间。一个女孩正独自创作，她画了一幅细节丰富的画，并在上面粘了便利贴，就像米歇尔老师在焦点课程上做的那样。女孩正在便利贴上写字，详细地描述故事的插图。

香农老师正在记录一个儿童的故事。儿童在口述，香农老师把听到的一切记录下来，同时问一些问题以明确儿童的想法，并和她谈论她的故事。

达拉西亚走近了我，"我打算和你分享我的故事"，她就是之前给我讲鬼魂故事的那个孩子。她讲完了她创作的故事，并打算与其他儿童分享。达拉西亚在我对面的椅子上坐下来，开始了她的故事分享，并"解读"她的两幅画。当我在教室的其他区域来回走动时，她还在继续修改、调整和丰富故事。

我在床上睡着了，正如你看到的那样（她指了指照片）。有一个蓝色的鬼魂。我妈妈和格温德琳在一起。试着不去……妈妈试着从房间里走出来。还有一个真正的鬼魂。他们被困在房间里。床是紫色的，整个都是紫色的，我的脸都发紫了，真害怕。

她又拿起一张纸，一边继续"读"她的故事，一边指着它，将它翻来翻去。

然后，有一次，我走进一家餐馆。阳光明媚，我们有三个盘子，里面有比萨。妈妈是蓝色的，难以想象。爸爸也是。我们吃光了比萨，很开心。格温德琳因为迟到而错过了用餐，因为她胃疼。还有一个小虫子，它说："我不要吃。"

教室里的每一个角落和缝隙似乎都充满了故事的味道，每个孩子都被故事吸引了。儿童正在用富有创造性的新奇方式游戏和使用材料，表现故事里的人物、背景和行为。他们用语言讨论和分享故事，用颜色表达情感以及对材料的选择。他们通过游戏进行学习，这就是故事创作。

达拉西亚在插图中用色彩和细节创作故事

故事创作与 21 世纪学习

很多人认为，现今教授儿童的技能应该与过去不同。21世纪的学习和生活需要的不只是简单地获取某项技能和完成"填空"。儿童需要知道如何思考、解决问题、提出问题、持之以恒、仔细观察、与他人合作、表达自己的观点和想法、富有创造力以及有效沟通。将这些付诸实践不仅需要记忆或死记硬背，每一次实践还更需要深入思考，它们代表了 21 世纪必备的能力（Ray & Glover，2008；Ritchhart，2015）。教育目标应该从培养知识渊博的人转为培养创造知识的人，从意义的探寻者转为意义的创造者（Wesch，2013）。

正如前文例子所示，通过有目的的游戏，故事创作可以让

21世纪的儿童做好充分的准备。他们采用单独、成对或小组的方式通过游戏进行学习：想象新的故事、探索游戏材料、在故事中用材料表达想法、建构故事以及在插图中添加色彩、注释和情感以丰富故事的情节。在故事创作所形成的文化环境中，儿童合作探索和创作故事，获取朋友的建议，在尝试后重新设计故事，并在思考后进行反思。他们在故事中对话、轮流、分享材料、讨论决定、尝试新材料、表达想法，以不同的方式坚持创作，推翻原来的想法重新设计，并惊喜且兴奋地欢呼。实际上，他们正在创造自己的人生故事。

儿童通过多种形式（语言、艺术、表演、连接、绘画、拼贴画）表现意图，参与口头讨论，使用新单词，增加词汇储备量，达到国家读写标准，甚至拓展读写能力，所有这些都能够促进他们创作和分享日常生活中的故事。他们将幼儿园学习和日常生活紧密联系在一起，这就是他们的故事创作。

通过故事创作建构意义

故事创作整合了多种学习领域，包括创客运动、读写、游戏、口语、材料和工具的使用等。

有研究指出，口语的发展在儿童的读写学习过程中非常重要，但口语并非仅指早期学习者的语言表达和交流。"多模态话语"（multimodality）一词"描述了表达的方式，认为交流和意义建构的方式远不止使用语言"（Flewitt，2013，296）。如果你相信，儿童可以从各种渠道（环境、电视、对话、故事、图片、计算机游戏、歌曲、漫画）中获取意义，形成多种意义交流形式（发脾气、唱歌、跳舞、涂色、绘画、计算机画图），那么你就会对多模态话语有大致的了解。多模态话语并没有低估口语作为一种交流手段的作用，而是扩展了口语之外的意义建构和交流的功能，包括多种语言或表达模式，如道具、运动、音乐和雕塑。

拉斐尔在用颜料创作故事

故事创作在传统的读写学习和多模式的读写学习之间架起了一座桥梁。它有助于儿童达到国家和州有关读写能力发展及运用（音位意识、语音、阅读、书写、口语）的标准和期望，同时尊重多种语言模式的可能性和表达方式（手势、涂画、建构、雕塑），为所有儿童营造更具包容性的学习文化。"叙事想象——故事——是思考的基本工具"（Turner，1996，5），让所有儿童深入思考和学习是我们作为教育者应该建立的一种文化，使之成为有良好文化素养的人。故事创作以创作为中心，为所有儿童提供了学习的切入点，进而提高他们的读写能力。

凯登在木偶戏剧区分享故事

故事创作以儿童、文本和故事之间的交互作用为基础（Rosenblatt，1978）。它在游戏中自然发生，而游戏是儿童学习的渠道。故事创作中的"文本"被广泛诠释，它不仅仅是一页纸上的文字，还包括多种多样的游戏材料和交流方式。在儿童与材料（文本）的互动中产生的故事包括分享和发表两个环节。用于发表的语言包括洛里斯·马拉古奇提到的一百种语言中的任何一种，如绘画、缝纫、涂色、黏土创作、电线塑型、编织、戏剧表演、音乐和舞蹈（Edwards, Gandini, & Forman, 1998）。这些多模态话语伴随着儿童对故事的阅读或诠释而发展，因此除了使用图形语言（Katz，1998）外，儿童还充分使用口头语言来分享故事。

故事创作环

当我们踏上故事创作的旅程时，我们不断探索如何运用创客运动的互动模式和 STEAM 的相关项目促进儿童读写能力的发展。我们需要一种能够帮助儿童自然学习和游戏的一贯方式，也需要一种基于儿童需求和好奇心的教师教学计划。大量的学习实践和学习标准证明，学习者有潜力成为创客，而且创客空间的环境很重要。我们的故事创作环效仿了其他工作中的已有环节（McGalliard，2016；Resnick，2016；Gauntlett & Thomsen，2013；Brahms & Wardrip，2017；Wohlwend，2013b；MacKay，2013），并补充了儿童参与故事创作的内容和方法，可以让儿童尽情地想象、游戏、创作和分享故事。故事创作环中通常存在一些交叉部分、衔接紧密或不紧密的过渡部分，以及循环流动的各个要素。我们试图对观察到和想到的内容进行归类，但整个故事创作的过程是循环的，而不是分层的。儿童在故事创作中来来回回、上上下下、深深浅浅地推进，无论怎样，我们要做的只是跟上他们的步伐。

与创客运动有关的一个挑战是决定谁可以成为创客。故事创作创造了一个具有包容性的共同体，因为每个儿童都有独特的经历、家庭背景、历史和故事。没有人是没有故事的，儿童通过故事创作逐渐了解自己和他人。这个过程，或者说故事创作的过程，阐明了故事里的诸多要素，给了儿童足够的时间和空间明白可以将哪些部分整合到故事中以及如何整合，为他们提供了查看材料的用途、验证想法以及改变人物、背景和情节的计划。创作可以让儿童设计他们想要的生活，而不是他们与生俱来的生活，使儿童能够真实地创作自己的故事。

下面是我们对儿童故事创作环的说明，以及一些能够说明我们为什么对故事创作环进行如此分类的案例。

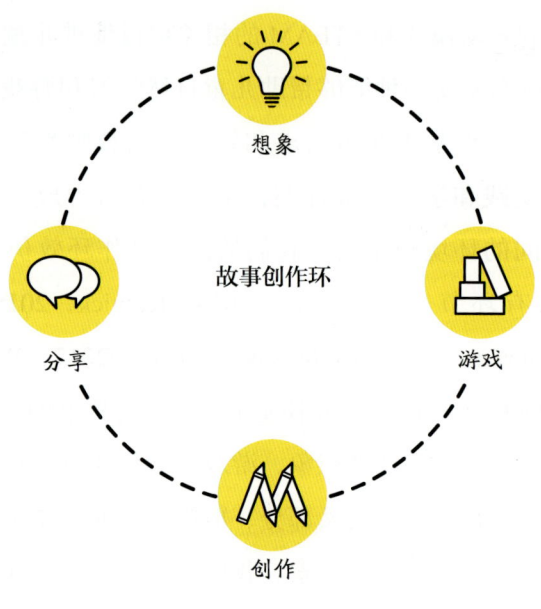

想　象

最重要的是，当我们开始故事创作这段旅程时，要为儿童和教师共同发挥想象力搭建适宜的平台，包括使用材料的计划、空间设计、充满惊奇和想象力的课程。教师通过运用想象力激发儿童的学习和好奇心，说明想象是开启学习和游戏的有效方式。

首先，你的灵感会激发儿童的想象力，如焦点课程、挑战性活动、新材料、美好的环境、故事范文等。然后，游戏材料会激发他们的想象力。在儿童真正想象故事前，他们必须探索各种游戏材料。起初，你可能会听到："这些材料该怎么用呢？"但最后，你会听到："哦，我有主意了！我要把它放到我的故事里！"

你会懂得，当儿童在焦点课程的互动过程中加入自己的想法时,就是他们发挥想象力的时候("我打算用'一个阳光灿烂的日子'为题创作一个故事");设想材料新的可能性和创新性("这不是冰棒棍,而是通往我家的墙");最后,创作出独特的故事反映他们的生活和梦想。一旦儿童理解了故事创作的过程,并参与了一段时间的故事创作,他们的想象力在故事创作环的初期就会迅速发挥出来。毕竟,"儿童最大的优点之一就是能够想象什么是可能的"(Brahms & Wardrip,2017,17)。

故事创作环中的焦点课程

在焦点课程中,想象让儿童获益良多,能够激发他们的好奇心,满足某些需求。记住,焦点课程是很短的课程,通常为5~15分钟,设有某个学习目的或目标。在焦点课程的选择和设计上,必须考虑儿童的兴趣和好奇心。这有助于你创建一个学习共同体,大家拥有共同的语言、学习方式,以及一起分享经验和理解的时光。换句话说,通过让儿童在焦点课程上发挥想象力,为所有儿童建立一个具有包容性的学习共同体。

焦点课程可以同时满足学习标准和学习过程的要求。通常,儿童需要学习符合故事创作的具体读写目标的微型课,比如如何开始一个故事、添加故事细节,以及使用新词汇。故事创作课也可以针对某些州的标准来开展,比如对各个阶段的写作要求(如何将绘画作为灵感的来源、用绘画表达创作意图)、讲故事(如何用语调表现某个人物、表达人物的情感)以及社交情感学习(如何给予赞扬、发表有益的评论、一起创作故事)。

焦点课程有助于推进故事创作的流程。儿童需要一些明确的课程来了解流程(如何选择材料、放好材料、使用每个空间)以及工具和材料的使用方法(如何用碎布编织、混合颜料、使用低温胶枪)。

> **· 来自故事现场的声音 ·**
>
> **在故事创作的过程中，你做得最好的事情是什么？**
>
> "灵活地给予儿童机会。他们可以去任何创客空间，甚至任何地方。如果他们没有故事，那么他们可以去任何一个能够想象故事的地方。如果游戏材料不够理想，那么他们可以任意改造，直到它成为自己想要的样子。他们不必在地板上进行故事创作，可以使用桌子，甚至可以清理我的桌子来用。他们可以去有助于自己顺利地创作故事的任何地方。"
>
> ——香农，一位幼儿园教师

如果教师一开始就以儿童的兴趣和需求为导向提供支持和明确的教学来促使儿童发挥想象力，他们的故事就会更加丰富。儿童仍然可以探索和游戏，但是微型课为儿童每天的工作设定了先于游戏和故事创作的重点。

游 戏

游戏是儿童和材料之间实现有效互动的最重要方式。"儿童的游戏世界是故事的世界，故事中充满了生动的对话、人物和故事情节。在游戏中，儿童按照自己的方式基于真实生活和幻想世界进行想象，并通过交朋友和改编故事满足自己的需求"（Wohlwend，2013b，vii）。故事创作营造出一种游戏空间，在这个空间里，儿童可以尽情地想象、游戏、创作和分享他们生活中的故事。

当儿童游戏的时候，他们开始选择创客空间、工具和游戏材料；然后决定是重新设计一个已有的故事，还是开始创作一个新的故事；最后探索材料和故事创作的可能性。这一切都要求年幼的学习者运用复杂的思维策略，确定不同材料在表达故事时的不同作用，并为丰富故事内容提供灵活的思维空间。教师可以在故事创作过程中检查进度，适当地予以辅助，满足儿童在故事创作中的需求。我们将在第7章详细介绍相关内容。

创　作

之所以被称为故事创作，是因为儿童在创作日常生活故事，也是在集体中进行创作。已有研究者建构出一套用于故事创作过程的学习实践参与框架（Wardrip & Brahms，2015；Brahms & Crowley，2016）。我们使用该框架验证了早期学习者在故事创作过程中的学习实践。下面是相关研究中的实践活动名称、过程描述，以及故事创作者把故事带入现实生活的具体案例。

质疑。小孩子天生对世界充满好奇。当他们探索工具、材料和空间时，想象力便开始发挥作用。故事创作开始于儿童对世界、生活以及自己的质疑和好奇。用灵感激发儿童的想象力作为故事创作的开始，目的在于让他们询问："这是怎么回事？""为什么会这样？""我的比萨店该用什么材料？""我怎

两个孩子正在分享他们画在便利贴上的计划

么建造我故事里的那个城堡呢？"

表达意图。在故事创作中，儿童最初的目标很简单，主要是想为游戏选择空间和材料。在焦点课程或其他用以激发想象力的挑战性活动后，你可能会问儿童打算去哪里玩，或者想在游戏中用什么材料。例如，"西莉斯特，你今天想去哪里创作故事？"或者"劳尔，你昨天用积木创作了有关消防车的故事，你还想用积木创作故事还是用别的材料？"很多时候，儿童的计划和想法会随着游戏而改变，你可以用一些办法帮助他们坚持下来，这一点将在第 5 章继续讨论。

修改、测试和重复。当儿童在游戏中熟悉材料的用途后，他们就会不断探索和测试这些材料，最后确定它们是否能够满足他们故事创作的需求。扎卡赖亚玩了很长时间的拼贴材料。他首先用玻璃石头代表故事中的朋友和家人，在尝试了一些其他材料又联系了自己的故事后，他认为彩色的绒毛球比玻璃石头更适合，因为这些材料不仅"更漂亮"，而且"看起来更像他们"，而那些玻璃石头之后被用作树梢。他不断修改、尝试和发现最能代表故事元素的材料。这通常发生在探究过程的第一阶段，即"探索"环节。

当观察儿童游戏的时候，你会注意到他们正在反复地修改和尝试，他们似乎正在使用某种材料，然后用它替换另一种材料，并且在两种材料之间反复调换。或者他们可能从娃娃家开始，之后把一些游戏材料带到另一个活动区重新开始，并添加新空间中的材料。儿童在创作、修改和测试多种可能性的同时，也在将故事想象成现实。

寻求资源。在故事创作过程中，儿童会主动寻找各种资源获得想法，并寻求反馈以更好地创作故事。在一个满是年幼学习者的教室里，可用的资源无处不在。儿童本身就是一种宝贵的资源，因为他们可以提供各种专业知识、观点，以及对其他儿童的想法、材料和故事的赞赏。例如，内森一直让约斯汀在故事中采用毛根，因为内森十分确定地认为，如果约斯汀在故事里用毛根而不是冰棒棍当作雨水，约斯汀的故事就会好很多。最后，经过合作并讨论这个故事后，约斯汀在故事中使用了一个毛根代表一条蛇。他们的对话包括很多关于蛇的词语，并思考如何使毛根看起来跟蛇更像，以及仔细研究故事范文插图中蛇的形状，确保毛根能够准确地表征蛇。当儿童在故事创作中能够将彼此视为资源时，更丰富、有张力的故事和学习效果就会产生。

材料和工具都可以成为故事创作的资源，确保儿童创作的故事能够准确地表征他们的想法。锚图（anchor chart）作为儿童故事创作最有价值的工具之一，是教师在焦点课程中与儿童合作创作的，以锚定他们的想法。它可以展示故事灵感的来源、故事开始的方式，或者用图片的方式展示故事创作环的每个阶段。锚图可以在儿童掌握了故事信息后被删除，当教师教授新的故事创作知识的时候，新的锚图将会被发布。你将在本书中看到各种类型锚图的示例。

下面举一个将材料作为资源的例子。贾丝明想在城堡故事中使用木偶，但是她找不到一个像她一样有着棕色头发的木偶。她在教室里走来走去，想找些东西来做木偶的头发，最后她发现了一些带流苏的纱线。完美！她剪下纱线，将它粘在木偶的头上，她把这些材料作为故事创作的资源来更准确地呈现故事。资源在故事创作中具有多种用途，尤其在有大量早期学习者的地方，故事资源显得更加丰富。

改进与重新调整。一旦故事创作者有了一个故事,探究过程的第二阶段"调查"便开始了。当儿童决定续写已有的故事或开始新故事时,"调查"便成为他们进行深度学习的时候,该阶段的目的是让儿童通过重新利用材料来创作不同版本的故事。

故事的扩展可以采取多种形式,包括添加故事细节、尝试使用不同的材料使故事更接近儿童的想象,或使用新的工具或材料增强故事性。当儿童不断扩展故事的时候,并且在他们与教师以及同伴分享后,教师就会意识到这一点。例如,克里斯琴认为自己完成了一个有关大风暴的故事,但后来他决定把叔叔和婶婶加上去,然后又加上了表兄弟,并将原来的房子变得更大了些。他用了几天的时间不断扩展故事,当他准备再次分享故事的时候,这个故事已经有了更多的细节、人物及情节。

有时,故事创作者会对整个故事进行改进和重新调整,从而创作一个新的故事。当看到儿童把一直搭建的积木塔推倒,开始重新建造一些不同的东西时,你可能就会意识到这一点。儿童通常会放弃第一个故事或第一次尝试,重新开始。例如,艾丽西亚正在拼贴区创作她的家庭故事,但没有一种材料适合拼贴出一只狗,于是她来到黏土区,因为用橡皮泥可以做出更多狗的形状。就这样,一个由橡皮泥做成的动物园被创作出来,背景变成森林,整个故事变得完全不同,原来的故事得以改进和重新调整。

儿童并不总是了解材料的目的或用途,所以他们容易调整材料原有的用途以适应自己的意图,根据故事的需要使用它们。

熟练。当儿童每天都创作故事时,他们很快就会对工具和材料的使用、故事创作的流程和预期,以及故事创作环有更深入的了解。儿童需要足够的时间和实践才能熟练地创作故事，所以在教学时间表里设置一个指定的故事创作时间是一个好的开始，有助于儿童熟练地进行故事创作。儿童每天需要 40~60 分钟进行游戏和创作故事，包括对材料的熟悉、使用和创新。你会发现，当儿童完全投入游戏和故事创作中，而又不得不结束活动开始清理工作时，这些年幼的学习者就会十分沮丧。

你也会发现，当儿童能够恰当地运用材料和工具并开始创新时，他们就已经达到了熟练的程度。例如，当马里奥第一次接触胶带的时候，他把胶带贴得到处都是。他需要时间练习把胶带卷起来、撕下来，并搞清楚怎样用它把多种材料粘在一起。一旦他能够熟练地使用遮蔽胶带，他就会使用管道胶带、隐形胶带和双面胶带来满足自己的需求，他也可以成为其他小朋友使用胶带时可以利用的资源，他甚至能够发明用五颜六色的胶带做成一只小鸟，用以代表他的故事中的那只鸟。在教室和故事里，只要有足够的时间和空间掌握故事创作的知识，儿童就可以成为木匠、面包师和儿科医生。

从简单到复杂。在故事创作中，创新是一种复杂的思维演进过程。儿童经常用简单的材料创作复杂的故事，即一个复杂化的过程。例如，桑切斯使用毛根和塑料珠子这两种简单的材料制作一个高大的雕塑来表征他的故事和生活，这就是故事创作的复杂化过程。时间过得越久，这个过程就越明显。儿童首先学习熟练地使用工具、材料以及创作故事，然后在熟练的基础上进行创新，使其用途和表征实现复杂化。他们将结合使用不同区域的材料，形成自己独特的故事。由此完成的故事包含简单的材料，它们根据故事情节被用于多重目的，为匹配儿童每天的生活与想法而逐渐复杂化。

故事创作是儿童在学习创作的实践中发生的，包括质疑、计划、修改、寻求资源、改进与重新调整、熟练和复杂化。当儿童成为故事创作者时，他们会发现，故事、自己以及许多可用的知识和材料都有助于他们更好地理解世界。

分　　享

儿童在创作故事的过程中会分享（或发表）自己的故事，如果遇到困难，他们就会请伙伴给予反馈，彼此倾听并相互赞美。在每天的故事创作时间，儿童会与教师、搭档、朋友，甚至全班同学分享自己的故事。非正式的故事分享可以在整个创作过程的任何时候进行，但面对全班的分享通常发生在每天故事创作结束后，我们可以将其称为"创客谈话时间"（Maker's Talks）。正如科学家的谈话可以帮助儿童交流和反思他们的经验及新想法，并将他们的思考集中在科学概念和过程一样，故事创作也是如此。我们每天都为儿童提供时间反思自己创作的故事，回顾故事是如何创作的，以及他们在创作时思考了什么。

并不是所有儿童都能轻松地参与创客谈话时间，因为他们可能缺乏用口头语言进行交流的信心或能力。在分享时间，儿童可以选择洛里斯·马拉古奇（1998）所说的一百种语言中的任何一种。他们可以通过跳舞、唱歌、手势、比画来分享故事，只要觉得合适就可以用任何方式来呈现故事。尽管我们每天都给儿童足够的交

> **·来自故事现场的声音·**
>
> "**我爱它！** 去年，我在课堂上实施了这种方法，并对儿童的成长感到惊讶。即使是最安静、内向的儿童也乐于分享自己的故事。他们不断给我惊喜，他们的故事又如此令人惊讶。"
>
> ——香农，一位幼儿园教师

流时间，但在探究过程的第三阶段，即"交流"中，我们将明确阐述这方面的相关课程。

教师鼓励儿童自主选择材料创作故事，自主选择语言进行讲述，因此他们在分享时总有各种各样的交流方式。故事创作活动创造了一个极具包容性的共同体，每个故事都获得了大家的极大赞赏。

关于有特殊权利儿童的建议

游戏与阅读一样，看起来简单，但它实际上是儿童进行深度学习的一个复杂过程。全美幼儿教育协会（National Association for the Education of Young Children，NAEYC）在关于发展适宜性实践的立场声明中提出："游戏是发展儿童自我调节能力以及促进语言、认知和社会性发展的重要工具"（2009，14）。大多数人认为，所有儿童天生就知道如何游戏，但有些儿童不知道，而故事创作为有特殊权利的儿童学习如何游戏提供了机会。那么如何让有特殊权利的儿童参与故事创作，以下建议可供参考。

- 明确游戏的方法，演示和创造所有儿童都可以参与的互动式课程。如雷切尔老师所说："我真的很喜欢那套农场玩具。看我玩农场玩具，这让我想起了和家人一起去农场，我看见农夫喂牛，牛享用草料并'哞哞'地叫。杰茜卡，你能帮农民叔叔喂牛吗？"需要这种指导的儿童将更有可能把模仿作为学习的基础，所以可以让他们模仿教师的行为。
- 不要限制儿童的分享方式。允许儿童使用任何语言呈现故事，只要有助于他们获得成功就好。萨莉老师的班级有一个有语言障碍的儿童，他无法用语言交流故事。萨莉老师给他的家人、所处的不同环境（如海滩、商店、房子），以及一些常见的家庭用品拍照。她一边将照片按照一定的顺序排列，一边讲故事。如果萨莉老师提到的不是他想要表达的东西，他就摇头，表明"不"。当萨莉老师说"有一天，我和家人去了海滩，我们用铲子在沙子里挖坑，捡贝壳"时，他指着不同的照片分享自己的故事。萨莉老师不断添加新的图片，他可以继续从中选择讲故事。他的妈妈会送来有关他们的新旅程的照片，这样他就可以更好地扩展故事。

结　　语

阅读完本章之后，希望你能明白，儿童在参与创作中的学习实践时，故事创作能够培养儿童的多元化素养。在我们的学区，故事创作提供了一个扩展儿童多元化素养的体系；创设了一个具有包容性的空间，让所有儿童都有机会形成多元化素养；充分证明了游戏在儿童学习中的价值；并提供了观察儿童游戏和参与故事创作实践的机会。我们迫不及待地想与你分享自己的所知所见，从而让儿童有机会通过进行包含想象、游戏、创作和分享环节的故事创作环来呈现他们生活中的故事。

创 客 时 间

雷切尔老师介绍了一种新材料以支持儿童想象新故事。她提供了泡沫积木,让儿童进行建构和涂色来呈现自己的故事。经过调整材料的用途,埃夫丽、金伯莉和阿马娅共同创作了一个故事,并很自豪地分享。

"很久以前,有三个小女孩在一座城堡里玩耍,只有公主,没有女王。听到雷声,她们吓得躲了起来。"

——阿马娅

"首先,我们建造了一座城堡,然后一起粉刷它。埃夫丽、金伯莉和我一起建造了这座城堡。"

——阿马娅

第 2 章

故事创作的环境

为故事创作创设有趣的环境

开学几周后,米歇尔老师向儿童介绍了一个新的创客空间,即预备区,以激发香农老师班级中儿童的故事创作灵感。她先拿出一箱材料,然后大声问:"我们一起看看这里都有什么材料?"她一次拿出一件物品然后说出其名字,如衣夹、绑带、活页夹、硬纸板、橡皮筋、胶带、直尺和装满树枝的盒子。

在本学年的前几个星期,儿童在创客空间(娃娃家、积木区、图书馆、科学区、艺术区)进行故事创作,同时摆弄材料,也玩彼此的材料。米歇尔老师介绍的新材料似乎使他们感到困惑,米歇尔老师随即问道:"我可以用这些材料做什么?"她还向儿童展示了一些由树枝和其他开放性的自然材料建造的建筑物的照片。

其中有一张照片看上去很像一艘船,米歇尔老师向儿童解释说她打算尝试做一艘船。她开始在儿童面前制作船。她从材料堆里拿出两根树枝,想知道如何将它们连接在一起。"用胶带!"一个孩子建议。米歇尔老师拿了一块胶带,紧紧地缠绕在两根树枝上。每个人的脸上都洋溢着成功的喜悦,但胶带破裂了。"好吧，我们需要找到适合制作船的材料。"米歇尔老师分享了她的思考过程，同时展示了坚持不懈和解决问题的能力。她以这种方式持续了几分钟，并尝试用橡皮筋把树枝绑在一起做船的底部，用晾衣夹当人，用绑带做船桨。

米歇尔老师说："这让我想起有一次我和丈夫肖恩划独木舟的经历。"她在探索材料的时候就已经开始想象故事的各种可能性。当她继续摆弄材料创作故事时，她会说明自己的行为，描述自己为什么在故事的某些部分选用某些材料，因为这些材料勾起了她的记忆。最后，米歇尔老师自豪地坐在地上说："我要分享我的故事了。"儿童在听米歇尔老师分享她划独木舟的故事时身体前倾。她一边分享故事一边表演："在一个大风天，肖恩和我来到了美国米亚卡州立公园去划独木舟，我们在湖里划着，就在那时，风开始把我们吹远了。肖恩说：'快划！'我努

创客空间的锚图有助于儿童想起之前的学习内容

力划桨。划了一下、两下后，风把我们吹了回来，我又试了一次，划了一下、两下后，风又把我们吹了回来。周围到处都是鳄鱼。我的胳膊已经很累了，但在肖恩的帮助下，我们最终让船回到了码头。肖恩说，他要很久之后才会再带我去划独木舟。故事结束了！"米歇尔老师停下来，儿童爆发出热烈的掌声。

米歇尔老师解释说，因为她在摆弄材料时充分发挥了自己的想象力，所以材料打开了记忆的大门，有助于她创作和分享故事。

接下来就是儿童选用材料的时间了。格兰芬说他想去娃娃家："因为我们有杯子，我和我妈妈曾一起做过果汁。"甚至在格兰芬非常熟悉的创客空间里看到和谈论材料的用途，都会激发他创作故事的想象力，勾起他的记忆。他没有展示故事的全部细节，但是他表达了想在娃娃家表演故事和用材料制作果汁的想法。这就是游戏的力量，也是材料的力量。

故事创作环境为儿童提供了时间、材料、工具和空间去想象、游戏、创作和分享生活中每天发生的故事。下面我们将具体讨论故事创作环的组成部分。我们将从时间开始，将故事创作纳入日常时间表，然后讨论材料，最后介绍教室里的创客空间以及相应的材料。

为故事创作设定时间

在我们的学习共同体中，教师有很多安排故事创作时间的方法。我们的全日制班级通常在一天中有两次探索时间（也称选择时间或自由游戏时间）。一般情况下，一节安排在上午，另一节安排在下午。如果你有这样的时间表，那么你可以将其中一次探索时间用于故事创作。也有教师选择将上午和下午的时间都用于故事创作，两种安排方式都很成功。但教师在制定时间表时，需要考虑儿童的需求和自己的教学偏好。

如果大多数儿童只参加上午的课程，或者教师只有半天课程，那么可以将探索时间或自由游戏时间调整为故事创作时间。

不管如何设置时间表，教师都需要平衡自由游戏时间和故事创作时间，第 7 章将展示用于了解儿童学习情况的工具。

无论教师如何安排故事创作时间，为儿童提供大量可以发挥想象力、游戏和创作故事的时间是非常重要的。故事创作可以在一天中的任何时候发生，但我们通过反复试验发现，如果将故事创作安排在探索时间，也就是选择时间，对儿童和教师来说，其效果最佳。最初，大多数教师将故事创作活动作为探索时间的一个选项，现在儿童期待故事创作时间，并在许多活动区游戏时使用材料。在《有目的的游戏：让儿童全天进行快乐的深度学习》(*Purposeful Play: A Teacher's Guide to Igniting Deep and Joyful Learning Across the Day*) 中，马兹、波尔切利和泰勒（Mraz, Porcelli, & Tyler, 2016）建议将每周 5 天，每天 45~60 分钟用于故事创作，包括 4~5 岁儿童的选择时间。少于这个时间，教师就无法给儿童提供沉浸于活动（或游戏）的机会。通常可以将时间做如下分配：

- 想象（包括激励儿童、演示行为、介绍新材料的焦点课程）：5~10 分钟
- 游戏和创作：35~40 分钟
- 分享：5~10 分钟

一旦儿童探索了材料的用途，形成了常规，了解了故事创

作的各项环节，并养成了坚持不懈的精神，他们就会投入更多的时间进行故事创作。

在期望儿童创作故事之前，给予他们足够的时间充分接触材料是非常重要的。如果你只给他们几分钟进行游戏和创作，那么你的教室将充满沮丧的儿童，他们只有拥有足够的时间沉浸在游戏和创作中，才会有时间进行整理，这也是拓展故事创作过程的一种方式。

故事创作的材料

凯特·赫罗曼（Cate Heroman）曾说："创作就是用一种东西制作另一种东西"（2017，4）。材料就是用于游戏和创作的东西。材料的使用可以调动感官的参与，增强好奇心和创造力。查卢福和沃思（Chalfour & Worth，2003，2）解释道："教师精心挑选的材料和深思熟虑的指导，会让儿童在探索中更密切地观察，发展对于世界的观点，建立经验的基础，进而建构以后的理解。"

我们建议在课堂上使用开放性材料，即在使用方式上没有对错之分的材料。扼杀创造力的一种方法是对一个问题只有一个"正确"的答案；同样，材料如果只有一种使用方法，就不会激发儿童的想象力。开放性材料可以以许多不同的方式进行操作、探索和使用。研究表明，"与许多玩教具相比，促进高质量游戏的开放性材

> **·来自故事现场的声音·**
>
> "最令人兴奋的事情之一是，故事创作让儿童有机会使用材料和自由创作，他们可以发挥想象力，使用各种材料创作故事，而且不受常规约束。故事创作有助于他们扩展口语词汇，提高讲故事的能力，冒他们通常不会冒的风险。"
>
> ——雷切尔，一位幼儿园教师

料对学业成绩的贡献更大"（Trawick-Smith et al., 2015, 70）。商业性的玩具和其他日常文化物品也可以提供故事的文本，但是它们有时已经有了固定的含义，它们的故事已经存在。使用此类物品是让儿童向创作故事迈出的一步；然而，开放性材料在故事创作中可以有多种用途，能够激发儿童的好奇心和想象力。

开放性材料通常是天然材料，普遍受到幼儿园教师的欢迎。它们是开放式的，可以在环境中找到，也可以通过游戏被运送、组合、控制、分类、排列和操作。它们可以成为其他物体的表现形式以及儿童故事的一部分，如干树叶、树枝、石头、珠子、木盘、回形针和贝壳。开放性材料可以与其他材料组合使用，也可以单独使用。它们通常用于制作拼贴画，进行缝纫或编织，也可以作为绘画工具和建构工具。在故事创作的过程中，我们将针对开放性材料的可能使用方式提出具体的建议。

用于创作活动的材料包括从手工用品（胶水、织物、珠

用于创设创客空间的材料，如树枝、胶带、夹子、橡皮筋和绑带

宝、冰棒棍）到工程设备（软木板、电路、电子产品）的所有物品。故事创作目前主要聚焦于手工制作，因为手工制作对儿童和成人来说是一个简单的切入点，便于儿童掌握流利的语言和专业的知识，有助于支持儿童从事更复杂的活动（如编码和电路）（Wohlwend，Keune，& Peppler，2016；Fields & Lee，2016）。

儿童在故事创作环中如何接触材料

任何材料或物体都可以启发故事创作的灵感。世界充满了等待被创造的栩栩如生的故事。正如埃里卡·克里斯塔基斯（Erika Christakis，2016，188）提醒我们，要注意自己对于材料的关注点："材料很容易变成……学习的终点而不是学习的载体……教室材料可以帮助儿童与世界互动，不要多也不要少。"如果你无法获得我们提及的材料，你可以思考使用材料的目的，并确定一些替代品。不要失望，你会发现，儿童的想象力不需

儿童用反光材料做游戏和创作故事

要昂贵的材料和最新式的玩具，泥土、石头、树枝和水都是可行的开放性材料，都可以用来创作美妙的故事。本章的建议很简单，也具有实践的可能性。你可以随时把自己的想法与我们的建议结合在一起。年幼的儿童会发现新的材料，包括开放性材料，也会发现意想不到的惊喜。当儿童充分发挥想象力并使用材料创作故事时，我们应该赞美他们的创造力和独特性。

想象

教师可以采用一些有助于激发儿童想象力，促进他们使用材料的简单策略。介绍一个新奇或不寻常的物品并问儿童"当我们创作故事时，可以用它来做什么"，这可以激发儿童的想象力。教师也可以通过演示普通材料的不同用法激发儿童的想象力，比如在创作故事时用娃娃家的香蕉当作电话。锚图也可以通过展示不同的材料，以及儿童在故事创作中使用这些材料的照片激发灵感。

游戏

儿童在用特定的材料做游戏和创作故事时，他们会感觉更加轻松自如。建议教师从介绍新材料（如拼贴画或新积木），或者观察儿童在游戏中最感兴趣的材料和空间开始，然后丰富这些空间和材料。

正如安·佩洛（Ann Pelo，2017）所说，我们非常有必要让儿童调动所有感官去探索和了解某种材料及其特性、可塑性和可能性。在故事创作过程中，教师在介绍一种新材料时可以预见儿童会探索、弄脏、实验、堆放和拆卸！给儿童时间研究和摆弄材料对于他们发现材料的形态和功能是至关重要的。在这段时间，他们会开始想象故事的各种可能性，并将它们想象成现实。

除了提供儿童摆弄材料的时间，教师也可以问儿童材料在游戏中的用途，帮助他们思考创作故事的多种可能性。例如，问"你打算在故事中怎么使用这个材料？"或者"我看你在玩积木，能告诉我你玩积木时想到的故事吗？"

> **·来自故事现场的声音·**
>
> "儿童对建造房屋、城堡和桥很感兴趣。然后，我们开始用这些建筑的照片创设一个灵感空间，并用相似的材料进行建构。我们将用儿童搭建作品和创作故事的图片持续丰富这个空间。"
>
> ——安杰拉，一位幼儿园教师

创作

"故事创作"意味着"以开放的、探索性的、反复的和自我导向的方式使用真实的材料、真实的工具和真实的过程……首先要让儿童接触熟悉的材料，并鼓励他们以新的方式接触材料"（Brahms & Wardrip，2016b）。

儿童聚精会神地探索一种新材料后，就可以探究用特定的媒介或材料表征自己的想法的可能性，换句话说，他们可以开始创作故事。这是儿童从假装游戏到象征性游戏，用物体和语言表达想法的时候（Hamlin & Wisneski，2012）。儿童将选择材料，并用它们表征故事中的人物、地点和事物。当儿童开始把物品放在一起并叙述他们的行为，或将物品从一个地方搬到另一个地方并为故事收集材料时，你就会意识到儿童正在创作。通常来说，创作就是指儿童建造结构，把材料放在一起或在某个地方收集东西。

一段时间后，给予儿童时间和空间，让他们使用其他媒介或材料重现自己的故事，这是探究过程的第二阶段。接下来，他们通过比较材料的功能、注意材料的局限性，确定最佳的方式来呈现故事。也就是说，他们可以为自己的故事选择最好的材料（Kress，2013；Pelo，2017；Wohlwend，2008）。当儿童用一种新材料重新创作故事时，他们有时会为自己感到惊喜，想出不同的方法，丰富已有的故事。当儿童游戏、创作和重新创作故事时，他们可以自由地从一个空间移动到另一个空间。

分享

最后，儿童使用材料交流故事。他们分享自己或与朋友共同创作的拼贴画、绘画、建筑、舞蹈或雕塑。他们用口头语言讲故事，或使用《儿童的一百种语言》[1]（*The Hundred Languages of Children*，Edwards，Gandini，& Forman，1998）中提到的任何一种语言。有关分享方式的选择，我们将在第 6 章详细说明。

儿童可以发挥想象力，通过摆弄材料深入思考故事，随着时间的推移使用材料创作故事，分享自己或与他人合作创作的故事。想象、游戏、创作和分享的过程贯穿整个课程领域，有助于儿童在社交情感、语言、创造性艺术等领域的发展。

故事创作的空间和材料

以下是关于故事创作空间设置的相关建议，以及放置于现有空间有助于故事创作的材料的建议。这些材料和空间可以帮助儿童熟练地使用材料和创作故事。虽然对大多数人来说，先掌握创作的技术、工具和材料是很自然的事情，但弗莱明（Fleming，2015，13）提醒我们，"计划需要更多的时间和精力"。因此，我们的目的是激励你对故事创作需要的空间和材料进行计划。请记住，故事创作计划中需要考虑的因素是儿童的兴趣和需求。

---

[1] 该书的中文简体版由南京师范大学出版社于 2014 年出版。——译者注

材料的摆放、展示和使用是故事创作成功的重要组成部分。儿童可以使用各种材料和空间创作故事，但有些空间和材料可以提供较为简单的方法表现故事的角色、背景、冲突和感情，有些空间和材料更能激发儿童的想象力，也更能吸引儿童。故事创作的目的和目标会驱使教师在创客空间选择特定的材料。请一边思考下面的建议，一边回想你为儿童设定的目标、选择的材料和空间。以下布置材料的技巧仅供参考。

- 把材料放在儿童可以看到和接触到的地方。有些教师使用置物篮把材料放在儿童视线以下的地方；也有些教师使用透明的塑料盒。
- 在每个创客空间或区域展示故事的照片。例如，当一个儿童用积木创作故事时，拍一张照片，记录这个故事，把写有注释的照片贴在积木区。儿童的演示会激发其他儿童的想象力，他们也将尊重其他儿童的故事。

当教师向儿童介绍一种材料时，可以给他们一个较长的思考时间，因为儿童对材料的使用和表征会随着时间的推移变得更加复杂。但如果教师从不变换材料，儿童就会失去兴趣。我们建议每学习一个单元，或者每六到九周就换一次材料。你如果发现儿童在这段时间之前就失去了兴趣，那么可以添加一

一位教师使用照片激发儿童创作故事的灵感

些新的材料来激发他们的兴趣，或者重新添加一个新的创客空间，这会让儿童不断地参与进来，并给他们足够的时间创作更复杂的故事。

故事创作通常开始于日常的探索区，随着儿童在这些空间中有意识地使用材料创作故事，我们将这些空间命名为"创客空间"。随着儿童对材料、工具和空间的使用越来越熟练，我们慢慢地增加了更多的创客空间。在故事创作过程中，没有必要创建独立于其他区域的创客空间，因为教室中的所有区域或空间都可以成为创客空间。下面是可以在儿童早期学习环境中发现的一些空间和材料，它们可以成为用于故事创作的创客空间。

积 木 区

积木区是开展故事创作的好地方。儿童使用积木在行动上和语言上创作故事。教室里的积木类型多样，儿童可以用来创作和丰富故事。搭积木提供了自然而然地合作创作故事的条件，甚至当儿童用积木呈现自己的故事时，这些建构作品也经常相互交叉，故事也相互连接，创作的过程便成为儿童的"合作探险"。

当被问及教学一开始使用什么材料时，我们的每位教师都在学年初期选择了积木。如果教师在学年初介绍活动材料，一次开放一个地点、空间或者区域，那么建构区会给教师提供多种选择。积木区可以作为故事创作的开始，最终成为创客空间。积木区有很多种，它们是所有儿童的最爱。如果你不能决定从哪类积木开始，那么硬木单元积木是个不错的选择，"简单的开放式玩具的得分比其他玩具都高……硬木单元积木……积木可以激发儿童建构、假装、艺术表达、运动游戏、排序和分类的能力。我们还发现，与其他玩具相比，当儿童玩单元积木时，他们的语言和社会互动能力会提升更多"（Trawick-Smith et al.，2015，71）。

为了让儿童在故事创作中有所选择，我们建议提供多种类型的积木。教师可以引入一种特定类型的积木，并演示用这种积木创作故事，或者在积木区放多种积木，观察儿童会用它们做什么。创客活动的特征之一是使用真实的材料和工具。当积木区成为创客空间时，我们会在其中放置真正的积木、木盘、木头碎片以及真实的工具，如锤子、螺丝刀和砂纸。我们全年也会引入不同类型的积木，使积木创客空间对儿童具有持续的吸引力。

最初，儿童可能倾向于选择轻巧的大块积木，如硬纸板积木、硬木空心积木和泡沫积木。当儿童学习添加故事细节时，教师可以介绍积木的颜色和图样（如刷子毛、标本、彩色窗户、瓷砖、水晶结构、半透明的光和彩色桌面、镜面等图样）。向儿童介绍自然积木、木制单元积木、建筑单元积木、德鲁博士的探索积木、卡普拉积木或竹制积木，有助于突出故事中的自然环境。如果故事的重点是人物，那么乐高玩具可以用来创造各种各样的人物和动物。

我们的一位教师曾在上午教儿童如何在积木区游戏，在下午故事创作时间，她只是说："我们要用今天上午在积木区用的材料创作故事。"香农老师很快用一些积木演示创作了一个故事。儿童游戏的时候，她听到他们中的一些人说："我的故事是关于……"以及"我要用这个创作故事。"对儿童和成人来说，故事创作是一个自然发展的过程。当我们游戏的时候，记忆和故事就会被释放出来，有时我们愿意把它们大声地说出来。作为教师，我们需要发现这些迷你的故事，捕捉它们，并赞扬儿童讲故事的才能！

雕 塑 区

雕塑区包括橡皮泥、黏土、铝箔纸及不同规格和种类的金属丝,以及各种颜色、尺寸和质地的毛根、花线和涂层金属丝。这里有雕塑、印刻和切割橡皮泥的工具,以及可以用来压入黏土塑型的物品。塑料器具很适合用来切割橡皮泥,而剪金属丝的工具主要包括剪刀和手剪。

大多数早期学习环境都包含玩橡皮泥的空间,它提供了雕塑的各种可能性,并能够应对多种要求。橡皮泥最好被用在可以清扫和刮擦的地板上,因为它容易黏固在地毯上。有些教师使用曲奇托盘作为橡皮泥故事的背景,从而为游戏提供整洁的空间和不错的故事背景。

马拉里·斯沃茨(Mallary Swartz,2005,102–103)的研究概述了橡皮泥游戏中所蕴含的发展性能力和学习概念,包括语言发展、读写能力和学习方法。想象一下儿童玩橡皮泥和创作故事时的各种可能性!

在使用三维造型材料的过程中,橡皮泥之后是引入黏土。与引入其他新材料一样,儿童需要机会去探索和研究黏土的形态和功能。在了解橡皮泥的质地、柔韧性和湿润性之后,儿童会准备好进行雕塑和创作故事。这时,儿童开始用黏土表征故事。

最后,我们引入不同规格和种类

儿童用铝箔纸塑造故事中的人物

的金属丝。最初，为帮助儿童将它们做成不同形状，我们提供铅笔、木桦或儿童可以用来把电线缠起来做成曲线或线圈的任何东西。钳子是一种新型工具，儿童可以用它给金属丝塑型。一旦儿童学会了用金属丝塑型，他们就能想出办法把它们组装起来，然后用它串珠子，用羽毛装饰它，还可以用它包裹其他开放性材料，以增大体积和增添质感（Pelo，2017）。

以下是一些使用雕塑材料的建议。

- 演示如何使用工具滚动和切割黏土。
- 展示如何将黏土平铺，将其表面作为画布，雕刻出一个故事。
- 一定要教儿童用胶带缠住电线的末端，以免被尖端刺到。

娃娃家 / 角色表演区

"儿童通过摆弄日常物品和假装来学习。水、沙子、搅拌碗和纸板箱这些传统的备用物品仍然是婴幼儿了解自然世界的最有效方式，而整个假装的世界——玩偶、服装和玩具盘——是他们了解社交世界的最有效方式"（Gopnik，2010，26）。娃娃家和角色表演区充满了可以鼓励儿童创作故事的材料。材料可以轮换，也可以投放新材料，真实的材料可以被自然地用于教室的任何区域，如真实的麦片盒、汤罐、餐具、衣服、盆栽以及厨房、角色表演区、娃娃家里的材料。真实的材料有多种用途，例如，一个真实的勺子可以充当餐馆场景中的勺子，也可以充当建筑场景中的标尺、兽医办公室里的压舌板、对话中的电话，或乐队表演中的鼓槌。

绘 画 区

在《艺术语言：早期教育中的探究实践》(The Language of Art: Inquiry-Based Studio Practices in Early Childhood Settings)中，安·佩洛（2017）建议在引入水彩画之前，教师先从绘画和着色开始。先用蜡笔，然后是马克笔，接下来是颜料。还有一系列的笔刷、不同种类的颜料和纸。我们通常从蜡笔开始，也使用水彩铅笔，然后用颜料，接着用油画棒。

以下是提供美术材料的一些技巧。

- 开始时采用蜡笔和彩色铅笔，能够让儿童画出细节。
- 在引入涂料时要提供小刷子，便于儿童绘画人物的面部特征和其他细节。
- 限定颜料的数量，避免儿童因选择太多而感到不知所措。我们的教师曾用松饼罐装多种少量的颜料，罐子很平稳，颜料不会像在小杯子中那样容易溢出。
- 根据美术材料变换纸张类型（如手指画纸、水彩纸、卡片纸），以保持区域的吸引力。

拼 贴 区

我们引入拼贴活动作为日常创客空间的第一个新增部分。虽然我们建议更换材料增加新的学习刺激，保持学习者的有效参与，但拼贴活动已经成为班级里长期不变的选择。尽管我们也增设了其他创客空间，但拼贴区全年开放。儿童喜欢用开放性材料、一切可以找到的材料和其他零零碎碎的东西创作故事。

拼贴画是一种简单而有趣的"语言"，可以用来创作故事。

拼贴画的背景或底盘可以是美术纸、泡沫板、毛毡或任何其他可以让儿童参与和创作故事的材料。我们的教师往往使用餐垫、放大的照片以及带有场景的剪贴簿。拼贴画不需要用胶水粘牢。我们发现，不将它们粘牢，儿童就有机会改变想法，添加细节，使用不同的表达方式，然后打破原来的想法重新拼贴。我们建议用轶事笔记、照片或视频捕捉儿童每天所做的事情。在理想的情况下，儿童可以学习为自己的作品拍照，但最初可能需要成人负责拍照和记录。它们在儿童重新审视、修改、调整和征求他人的意见时起到提醒的作用，从而支持儿童通向下一步，进行复杂的思考，继续投入故事。更多关于记录的信息请见第 7 章。

　　用于创作故事的拼贴材料和开放性材料通常是多彩的、可循环利用的、便宜且容易获得的，如树枝、木棍、树皮、松果、树叶、泥土、沙子、草、贝壳、瓶盖、硬币、干豆子、纱线、珠子、玻璃宝石、大理石、荷叶边、石头、鹅卵石、木盘、拼字

安娜贝尔正在使用她第一次用拼贴材料创作故事时所做的记录重新创作故事和调整材料

> **· 来自故事现场的声音 ·**
>
> **你最喜欢的材料或空间是什么？**
>
> "拼贴区和预备区。即使到了最后一天，即使是今天，他们还是会在操场上寻找可以带进室内用于建构和连接的树枝和石头。"
>
> ——香农，一位幼儿园教师

块、箔片、半透明的碎布和金属物体。

允许儿童在整间教室内运送材料。虽然我们建议每种材料都有专属的位置，但儿童应该能够重新想象材料的用途和表征。有时，这意味着以令人惊喜的方式将材料结合起来。在鼓励思考的文化中，这是一件好事，虽然不总是整洁有序！

编 织 区

虽然我们不确定儿童是否能编织成物，但我们提供了一些可用于编织的材料（可能也有其他用途）：木棍、树枝、碎布、长布条、羽毛、线、绳子、碎纸片、麻线、纱线等。编织与其他活动一样，儿童既可以独立创作，也可以与他人共同努力创作故事，其中许多故事都会被调整、编辑和改进，这些都取决于材料的功能。我们的儿童通常从简单的花边板或者镶框的屏风开始，用纱线练习上下、进出地穿线。他们还用树枝、棕榈叶、碎布等制作大编织物，这提供了在一个活动中同时创作多个小故事和让儿童合作将多个小故事组合成一个复杂的长故事的机会。随着儿童越发熟练地制作花边板和大编织物，他们就会尝试更复杂的编织和缝纫方法。

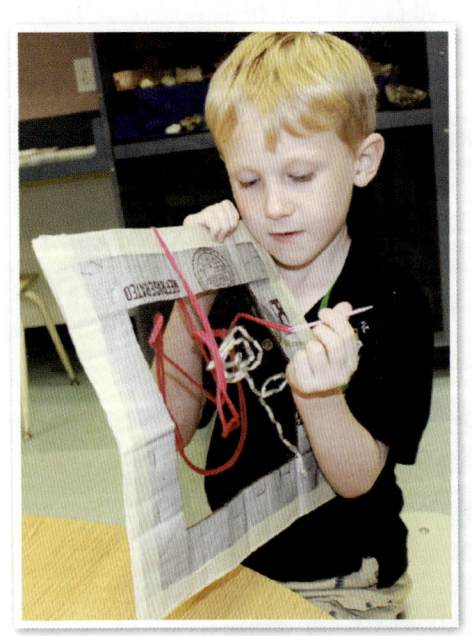

安德鲁正在编织蜘蛛故事

预 备 区

任何一个和儿童一起工作过的人都有这样的体会，儿童喜欢用胶带和各种各样的胶：胶棒、胶水、遮蔽胶带、透明胶带、管道胶带。他们还对夹子、衣夹、回形针、橡皮筋以及其他可以把东西绑起来的材料着迷。我们首先介绍用于连接的材料，例如，用纸板和树枝作为连接材料。你可以选择任何材料来做这个，但是树枝对我们来说是个不错的选择，因为它们可以引发很多问题。儿童在创作故事时，树枝可能不会连在一起，或者胶带会破裂，夹子不适合树枝的粗细，这是一个让儿童解决问题、提出问题、利用资源、互相学习以及陷入困境的机会。观察儿童由于材料没有达到预期目的而不断调整故事是一件有趣的事情，由此，儿童会不断尝试解决问题的技巧，调整故事，有时会有挫败感，但故事总会被创作出来。我们还借此机会介绍锤子、钳子、螺丝刀、低温胶枪和其他工具。教师可以在预备区放置一些其他材料，包括螺母和螺栓、管子、杯子、量杯、漏斗、软管、纸管、鞋盒、手电筒以及其他支持焦点课程、活动或学习单元活动的工具。

如何开始故事创作

如果你正计划在学年初开始进行故事创作，以下是开启这项工作的两条建议。

- 第一种选择是根据自己的期望一次性设置多个区域，如积木区、娃娃家、艺术区等。当看到儿童游戏的自主性越来越强时，你就可以在创客空间引入另一种新的游戏方式，在焦点课程中教儿童如何使用同样的材料创作故事。
- 第二种选择是在第一天就开始故事创作。我们让教师分享在开学第一天启动该课程的经验，使故事创作从一开始就是教师日常工作的一部分。为了创作故事，一次只介绍一两个区域。

我们将在第 4 章阐述有助于实施这两项选择的具体课程。

关于有特殊权利儿童的建议

- 对有精细动作技能困难的儿童提供充分的机会，让他们用较大的材料进行故事创作。我们发现，一些儿童在创作故事时更容易操纵大块的积木和较大的开放性材料。
- 对有些儿童来说，工具和材料的选择太多可能会让他们无法承受。如果儿童需要少量的选择，那么可以减少工具和材料的种类和数量，但仍然需要提供选择："阿比，昨天你在艺术区画了你的故事。我发现你也喜欢拼贴，那么你今天想在拼贴区重新创作吗？还是更愿意留在艺术区？"

结　语

故事创作为所有儿童提供了使用工具和材料所带来的成功体验，通过把材料放在他们可以看到和接触到的地方，确保所有学习者都能自主取用材料。在焦点课程中介绍新的材料和工具是一个十分有吸引力的方式，有助于激发儿童的想象力。当儿童游戏和创作故事的时候，给他们足够的时间进行探索和实验，从而获得熟练地使用材料和工具的能力。熟练会促成创新以及美妙的故事。

创 客 时 间

米歇尔老师注意到费尔南多在博物馆的学前儿童教室里玩恐龙玩具和开放性材料。自从新的恐龙在博物馆展出后，儿童开始在教室里创作恐龙故事。米歇尔老师邀请想要创作恐龙故事的儿童参观这个新的空间。她带来一篮子新的开放性材料，想看看儿童会玩什么、创作什么。他们花了几分钟研究展览，然后讨论如何通过描述地点开始创作故事。下面就是他们创作的故事。

费尔南多在演示他想象中的恐龙故事

"有一天，在恐龙的房子里，恐龙们'嗷嗷'大叫，我们给它们食物和水，它们吃了食物，然后跳进水里游走了，接下来它们就睡着了。故事结束了！"

第 3 章

基于探究的故事创作文化

运用不同的材料重新创作故事

11月下旬的一天,米歇尔老师和安杰拉老师共同回忆儿童在故事创作方面的进步。儿童已经熟悉了所有的故事创作空间,如积木区、拼贴区和娃娃家,现在带着一个新的目标,用材料边做游戏边想象一个故事。开始这个新目标是建立故事创作文化最重要的一步。焦点课程结束后,每个儿童都告诉安杰拉老师他们要去哪里,但不一定要讲当天要创作的故事。史蒂文去了积木区,安杰拉老师观察他创作故事的整个过程。

在一个晴朗的日子里,小鱼游回到房子里(史蒂文拿起小鱼,把它放到他建好的房子里)。一只坏狼来了,小鱼就游走了(他让小鱼游走了)。坏狼跟着小鱼(史蒂文拿起一个黄色的乐高积木放在小鱼的旁边),小鱼跑开了,并且因为坏狼而感到难过。

当史蒂文探索材料,开始想象和创作故事时,他表演小鱼和狼互相追赶的情节,又描述了几分钟动作。紧接着,史蒂文把所有的材料放回原处,迅速离开积木区,走向拼贴区。安杰

史蒂文正在积木区探索材料，进而想象、游戏和创作故事

史蒂文仔细研究自己的故事，用拼贴材料重新创作

拉老师很好奇，想知道他是修改这个新故事，还是根据他在玩积木时的发现重新创作一个故事。他拿出一块绿色的毛毡作为故事板，从拼贴区中找出一些东西，然后带来一些他在积木区玩的材料，重新创作故事。当史蒂文开始游戏和创作时，安杰拉老师坐下来询问他的故事创作计划。

安杰拉老师：史蒂文，你在做什么？

史蒂文：我将创作一个关于小鱼的故事。

史蒂文把小鱼玩具放在绿色的毛毡上。安杰拉老师快速走到计算机前，上传了史蒂文玩积木时她拍到的照片，并打印出来给史蒂文，帮助他回忆刚才

在积木区的创作细节。于是，史蒂文开始创作。

史蒂文：在一个晴朗的日子里，小鱼进到房子里，门是开着的，坏狼来了，小鱼跑掉了，可是坏狼跟着他。

安杰拉老师：看看你用积木创作的故事（安杰拉老师指了指照片），然后发生了什么？

史蒂文从一本杂志中选择了一个场景和几个纽扣，放在绿色毛毡上，当作一个池塘。

史蒂文：小鱼跳进了池塘。

安杰拉老师：史蒂文，你建造了个池塘。多好的细节啊！然后呢？

史蒂文：它跑了！

安杰拉老师：结束了吗？

史蒂文：我还需要一些东西（史蒂文又放了一些闪亮的珠子和苔藓植物来表征故事中的池塘。然后，他把小鱼放到了池塘里，抬起头，笑了）。小鱼很高兴！我的故事到此结束。

史蒂文决定再次创作故事，并研究如何改编部分内容进而创作他要分享的故事。针对故事的每句话，史蒂文都会用具体的材料表征细节。近45分钟的探索时间就要结束了，安杰拉老师问史蒂文，他的故事接下来要做什么，他热情地说："我想在那里讲！我们要在那里分享！"他指着集合区。史蒂文对自己的故事很有信心，也准备好与他人分享自己的故事。

史蒂文在集合区坐了下来，带着他为创客谈话时间收集的所有材料。他决定用拼贴材料和同学们分享自己的故事。他开始讲故事：

在一个晴朗的日子里，小鱼进到房子里，门是开着的，一只坏狼来了。小鱼跑到池塘里,坏狼跟着它。于是它跳进池塘逃掉了,坏狼很伤心。

在创客谈话时间,史蒂文把他第一次在积木区探索的细节结合起来,然后把他在拼贴区的研究添加进去。在与他人分享故事之前,他觉得有些细节没有意义或者他不喜欢这些细节。这个4岁的孩子刚刚经历了一个令人惊奇的探索、调查和分享的过程。在这个过程中,他想象着那天想要玩的材料,然后创作和分享了一个故事!史蒂文自豪地坐了起来,他知道自己是一个创造者和作者,更是一名故事创作者。

故事创作需要探究文化

安·佩洛强调,在探究文化中,教师时刻关注儿童正在思考和好奇的事情是很重要的,这样,作为教育者的我们就不用提前做过多计划。她解释道,"以探究为基础的课程,随着学习共同体中每个人的真实参与,每时每刻、一步一个脚印地发展。这对教师来说是一项振奋人心的工作,促使我们成为具有批判性和创造性的思考者。为了胜任这项工作,我们需要提高观察、反思、计划以及运用艺术媒介表达思想和情感的能力"(2017,109)。

探究式教学的最大特点在于,如何让班集体共同创造和使用工具,以寻求新的见解。为了建立探究文化,教师必须建立一个"基于共同的目标和价值观,有着共同的班级常规和要求以及支持主要目标的共同的谈话方式,且儿童的角色和关系变化多样"的班集体(Davidson,2009,27)。

当我们向儿童介绍故事创作时,我们的首要任务是清楚地表达和解释每天在创客空间如何一起探索和调整材料。我们向儿童演示使用材料的目的，他们就可以探索和研究能够发现和创作的故事。他们知道使用材料的目的，我们会表达这样一种信念，即通过给予他们充足的时间分享故事，并通过展示记录来突显他们的作品，以激励其他人，他们所创作的故事就会受到班级所有人的重视。儿童在分享故事环节学习赞美和提出建议的方式，这样他们就形成了一个共同的习惯，也是他们彼此交流故事的目的。

建构故事创作文化的程序与常规

故事创作的程序与常规有助于学习共同体的形成，其中的儿童知道可以期待什么，也会在游戏时好奇与想象故事的过程中感到兴奋。儿童清楚游戏的目的，教师的在场可以激发他们的好奇心时，他们就会发挥最大的学习潜力。

面向儿童的探究

以下方法可以帮助教师通过探究的方式建构故事创作文化。

- 用一个神秘的袋子演示你的好奇心。在焦点课程上慢慢地展示袋子里的新材料，可以在一天开始的圆圈时间，也可以在一天结束时儿童回家之前，让他们构思故事。向儿

拼贴区的新材料为卡桑德拉带来了灵感

童演示你关于材料的想法、好奇和疑问，如"这是什么？我可以在故事中用它做什么？我能用这些材料创作什么故事？"

- 每两到三周在创客空间展示一次新材料，以激发儿童的好奇心，并问儿童："通过观看和触摸这些材料，你能想到什么故事？你会创作什么故事？"

- 运用思维习惯教儿童如何探索与思考工具和材料。一种受欢迎的思维习惯是观看（See）、思考（Think）、好奇（Wonder），即 STW 思维习惯（Ritchhart, Church, & Morrison, 2011）。让儿童采用我们为故事创作改编的 STW 思维习惯，而不是给他们讲工具、材料，甚至新的故事范文。你可以设立"好奇星期三"（Wondering Wednesday），作为每周的常规活动！

  ○ 观看——你看到了什么？让儿童有时间仔细观察和触摸材料，甚至为他们提供放大镜，更仔细地探索细节。

  ○ 思考——仔细想一下我们可以创作什么故事？

  ○ 好奇——这让你想要创作什么故事？

- 设立"好奇周"（Wonder of the Week）。在《好奇之地：小学低年级儿童的阅读与写作》（*A Place for Wonder: Reading and Writing Nonfiction in the Primary Grades*）中，乔治娅·赫德和珍妮弗·麦克多诺（Georgia Heard & Jennifer McDonough, 2009, 10）鼓励我们"创造一个'好奇的世界'，这将有助于激发儿童的好奇心和探索欲望"。我们采纳她们提出"好奇周"这一想法，在故事创作过程中鼓励儿童探究。每周开始时，教师向儿童介绍新奇的事物，悬挂一张画有工具、材料或书中的某一页（或手工作品）的图表，激发他们的好奇心，同时将儿童的想法写在问题的下方，记录他们的回答。当儿童尝试自己的想法时，张贴为他们的故事所做的记录有助于为其他儿童带来灵感。

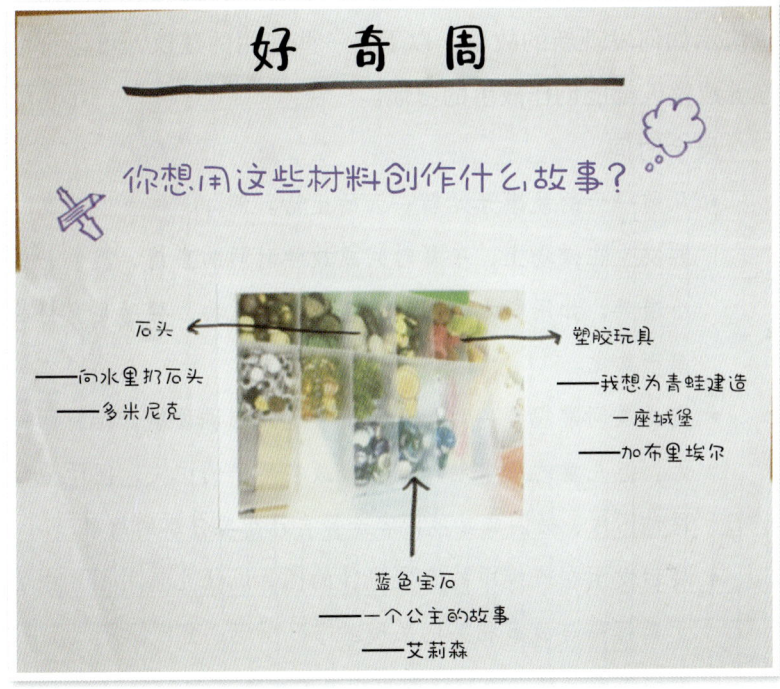

"好奇周"锚图呈现了教师能够展示的问题和手工作品示例，以激发儿童创作故事的想象力

"好奇周"的想法展示表

	工具	材料	故事范文
可能展示的手工作品	高尔夫球座、绳、棕榈树叶、绑带、低温胶枪、螺丝刀	方形织物、木块、沙盘、黏土电路以及其他开放性材料	书中人物图片、背景插图、封面
问题示例	你如何使用这个工具？你能做什么？你想用这个工具创作什么故事？	你如何使用这个材料？你能做什么？你想用这个材料创作什么故事？	你如何用这个事物想象故事？你能塑造什么角色？你想在什么地方写故事？你怎样才能像这位作者一样创作故事？

全天构思故事

另一种建构故事创作文化的方式是营造欢快的氛围。在一整天里，教师可以不拘泥于地方、不限定于某个科目、不只是围绕某个事件，通过任何可用的工具、材料、空间和时间向儿童演示如何发现新的故事。以下是一些实用的建议，可以帮助你养成整天都能创作故事的习惯。

晨会时间

- 从前一天的故事开始新一天的生活。例如，你可以分享一些发生在操场上、午餐时间或放学时间的事情，提供一些小道具，如用积木表现事件、设备或人物，帮助儿童将故事形象化。
- 完成晨间常规事务后，让儿童通过互相讲故事开始新的一天。把儿童的故事创作文件夹放在桌子的中央，便于他们通过图片、插图或其他内容选择自己想要分享的故事。
- 展示发生在班级中的真实事件的图片。让儿童用图片中的元素解释与故事相关的关键细节、对话、感受和行为，从而创作或分享一个与该图片相关的故事。

故事创作时间

- 让儿童分享自己创作的故事来开始焦点课程。用视频展示儿童采用材料分享故事的方式是非常有效的，这有助于最小的学习者想起故事，也有助于其他儿童想象故事的不同部分。
- 在故事创作的间歇分享儿童的故事。在儿童游戏和创作的过程中，可以暂停一下，分享儿童创作的故事。

- 让儿童一起创作一个与某个真实事件有关的故事来结束创作活动。
- 另一种方式是,分享某个儿童故事的开头,让其他儿童就故事的后面发展提供建议,以结束创作活动。对那些一直游戏而没有真正完成故事的儿童来说,这是一个很好的策略。让儿童在第二天带来材料,全班可以共同写一个故事,继续创编。

过渡时间

- 为想要分享故事的儿童准备一张报名表,利用过渡时间让他们分享故事。
- 在午饭后或课间休息时,用你在早些时候注意到的事情讲一个小故事,这可以像复述你在儿童排队吃午餐时所说的话一样简单。

一天结束时

- 看看贴出来的时间安排表,讲一个一天中某个时间发生的故事。
- 向儿童展示一张图片或其他记录内容,让他们讲述一个相关的故事。

任何时间

- 在教室里放一张锚图,展示故事创作的想法,儿童可以将自己的图片和想法添加到这个图表中。

演示如何创作故事

教师在一整天中演示如何创作故事是故事创作文化形成的重要组成部分。在焦点课程上，教师在创作故事的同时可以介绍自己的家庭和爱好。刚开始，演示如何创作故事可能有些令人畏惧，这里有一些建议可以帮助教师开始建构故事创作文化。

选择班级中发生过的真实事件。 教师和儿童在一起的环境中蕴含了诸多可以讲述的故事。教师了解一天中的小细节就能用它们创作令人惊讶又充满悬疑的小故事，在儿童看来，这些故事既神奇又有趣。观察儿童在玩水区游戏，故意溅出水花，就可以为充满对话、情感和情节的故事提供丰富的素材。一件看似普通的事情，当儿童在其中加入对话和实践，它就会成为一个好玩的故事。教师可以用积木或其他材料创作一个关于玩水区的故事，以演示如何创作故事。随着这些事情的发生，把它们记在题为"故事创作者的想法"锚图上，或写在便利贴上，对于儿童日后的创作可能会有帮助。

设置一个开始的场景。 教师可以通过提供一句话帮助儿童开始一个故事。如果班级儿童已经学习过如何开始一个故事的焦点课程，他们就可以自己选择故事开始的方式。例如，使用最喜欢的书中常见的开场白，"有一天"和"很久以前"，可以让他们看看这些书的第一页。拼贴画可以为故事提供非常好的背景，教师也可以使用毛毡、垫布、剪贴簿或照片作为故事的背景。当教师创作故事时，儿童可以添加内容。

如果儿童还没有在焦点课程上学习如何开始一个故事，那么这是一个绝佳的机会，教师可以提前向儿童演示他们之后在故事创作中要学习的技能。我们将在第4、5、6章详细阐释如何教儿童开始一个故事。

按顺序分享一个故事。 你是否有过这样的经历？当你走进最喜欢的百货商店时，由于没有提前列清单，购物车里会突然装满了你并不真正需要的东西。当你在没有计划或者没有列出需要的材料时就开始一个故事，这种情况就会发生。我们教给早期学习者的策略之一是如何在创作故事之前进行想象。用故事锚图列出带有图片线索的清单，帮助儿童选择故事中的人物、地点，以及事件或情节。我们将在第 5 章讨论如何创建锚图。

已参与 5 个月故事创作活动的儿童可以随时随地地想象故事，他们根据在户外散步时观察到的建筑物创作了这个故事

我们提供了一些如何让儿童在每天的探究中进行故事创作的方法，也展示了如何在一整天中演示故事创作。教师的努力工作很快就会显现成效，因为它对儿童的发展有诸多益处。有关创客运动的研究成果表明，它可以培养学习者的能动性，促进个性发展。我们在年幼的故事创作者身上就看到了这两种特质的存在。

故事创作文化培养儿童的能动性和个性

在故事创作文化中，学习者有共同的价值观、程序和规范。故事创作者知道，他们每个人都有独特的故事，这些故事会受到重视和尊重。他们将学习有关故事创作的程序，比如一起上焦点课程，玩有趣的玩具，以及互相分享故事。还有一些

> **· 来自故事现场的声音 ·**
>
> "我认为，故事创作文化尊重思考，而并不是说故事的本身结构不重要。它重视儿童的学习能力，这是我们班级文化的不同之处。我将每个儿童都视为班集体中有能力的一员，因此他们也将自己视为有能力的成员，这是一种持续的尊重。尊重他们，相信他们的能力。给予他们足够的空间和时间，从构思到最后故事的形成的确要用很多时间。"
>
> ——雷切尔，一位幼儿园教师

有趣的事情，比如将白天发生的事情创作成故事。然而，故事创作文化的发展往往超越常规。创作者的思维模式包括我们希望培养儿童的积极品质。思维模式是"看待世界和存在于世界的一种方式"（Clapp et al.，2017，87）。参与创客运动的教育者们发现，创客运动的主要成效是推动学习者能动性和个性的发展，故事创作文化则兼顾了这两个方面。简单地说，能动性是"我能行"这一特性的体现。克拉普（Clapp，19）和同事们将其定义为"具有在世界上选择如何行动的能力"。个性包括"自我塑造……，培养能力、自信，形成身份认同"（25–26）。

在故事创作文化中，有很多机会培养儿童的能动性。儿童被邀请单独或与朋友一起游戏、创作和丰富故事。最初，具有吸引力的条件（材料、工具、经验、课程）为儿童提供了途径，让他们可以根据自己的兴趣掌握使用工具和材料的方法，由此更好地了解自己、他人和世界。在故事创作的过程中，选择空间、材料、工具和朋友时，提供选择是培养能动性的第一步。因为我们鼓励儿童自主选择材料创作自己的故事，并自主选择语言来呈现它们，所以故事创作创造了一个具有包容性的共同体，每个故事都会受到赞美，年幼的学习者的能动性也会得以培养。

当儿童创作关于日常生活的故事时，故事创作文化提供了自我塑造或个性形成的机会。儿童经常参与故事创作，并通过定期练习使用工具和材料来创作故事，他们就会获得自信，能力将得以提升。当儿童知道自己的故事很重要，自己是故事的作者，尤其是他们有独特的故事可以分享时，他们就会获得自我效能感。

儿童知晓，他们将有很多坚持不懈、克服障碍和反复尝试的机会。在创作故事的过程中，他们学习冒险和尝试新事物，因为他们知道，即使失败或受挫，自己仍然会被认为是集体中的一员。当儿童成为材料使用和故事创作方面的专家和创新者时，他们便塑造了自己的个性。

故事创作行为

现在，已有教师在班级中大量运用常规活动激励儿童的好奇心，培养他们的能动性和个性，教师想知道自己的努力是否奏效。我们结合了约翰·巴雷尔（John Barell，2013）和莉萨·里加拉（Lisa Regalla，2016）的研究成果，他们分别阐述了好奇者的行为和创造者的思维模式，进而列举了在建构故事创作文化的过程中，教师可能看到和听到的一切。以下内容列举了儿童在探索和创作故事中表现出来的相关行为。当你看到和听到以下内容时，便意味着故事创作文化已经形成。

故事创作者的好奇心。儿童每天创作故事时，在摆弄新材料、探索新空间以及研究新世界的过程中便显现出了好奇心。教师把新材料呈现给儿童进行故事创作时，他们会注意到这些材料，可能会认为它们很新奇或吸引人，对小伙伴惊呼："哇，看看这个！"或者"我能用这个来讲一个什么故事呢？"

故事创作者的观察力。儿童会花时间非常仔细地感受和观察新材料，但是他们回头用这些材料改进故事的时候会更加仔细地研究它们。例如，当一个儿童用拼贴材料为雨天的故事创造一个场景时，他仔细研究了珠子、纽扣和其他开放性材料的质地。起初，他放了一根羽毛表征水，但后来他又查看那些闪闪发光的珠子。他检查了每种材料的质地，确定哪一种材料能更好地表征故事中的水，最后他选择了珠子，因为珠子光滑的质地让他想起了水。我们发现，儿童在改进和创作故事时会仔细地查看材料的形状、质地、大小和颜色。

罗兰在改进故事时仔细地考虑要选择的材料

故事创作者的探索力。教师作为促进者，引导儿童对面前的材料进行探究，进而想象一个故事。儿童的第一个角色是探索和研究材料者。最初对材料的接触和思考为后期的深入探索打开了切口。我们通常看到儿童以两种方式探索材料。他们可

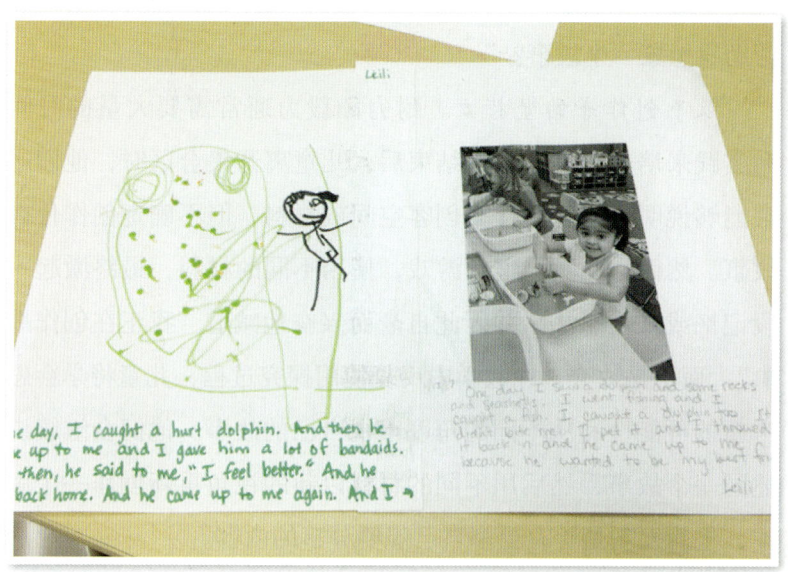

莉莉先用艺术材料创作故事，第二天再思考已创作的故事，然后用水盆中的材料重新创作*

* 图中右侧图片下的文字是教师抄写莉莉创编的故事，中文为"一天，我遇到了一只海豚，它游到我面前，我给它贴上好多创可贴，它对我说：'我感觉好多了。'然后它就回家了。当它再游到我面前的时候，我……"——译者注

能采用同样的材料重新改写一个令他们感兴趣的故事，调整材料改变细节，或者他们可能会在同一个故事中使用不同的材料探索新的细节。

故事创作者的创造力。莉萨·里加拉说，许多伟大的思想家既是革新者又是艺术家。例如，爱因斯坦（Einstein）既是一位物理学家，又是一位音乐家。在故事创作过程中，每个空间都可以成为创客空间。儿童可以在修补工作室、娃娃家、积木区、拼贴区创作故事。当儿童再思考原有的材料或故事想法时，他们的角色就会从探索者和研究者转变为改进者和调查者。当儿童选择不同的创客空间或材料来探索和创作故事时，他们会问自己："如果我今天尝试黏土会怎么样？""这些材料将如何

帮助我想象一个故事？"

故事创作者的坚持力。耐力和毅力通常需要大量的时间和实践来培养！焦点课程结束后，儿童离开集合区时，他们通常能够说明自己想要什么创客空间或材料，但不确定创作什么故事。然而，儿童会继续游戏，使用不同的材料，最终激起一段记忆或某个想法，并因此自豪而兴奋地喊道"我正在创作故事"，而不是放弃。在教学中反复使用探究过程，儿童将学会思考新的可能性和从不同的角度审视自己的故事。他们会继续讲述同一个故事，然后用不同的材料以新的视角重新创作一个版本，进而发现是否有更多自己想要分享的内容。

故事创作者的合作力。在创作故事的过程中，儿童学会寻求建议和听取不同的意见，不仅在故事分享的时候，也可以在

儿童互相分享故事并征询意见

讲故事的时候。当儿童认为自己完成故事时，他们希望与教师分享，这样教师就可以拍照并记录。然而，教师不可能同时见到每个儿童，而且在教师和一个儿童讨论的时候，还要避免其他儿童争先恐后地讲述自己的故事。因此，你要教儿童如何与他人互为资源，他们可以给朋友讲自己的故事，对方可以学着提问，比如指着图片说："这是什么？"他们还会学着就增加或改变故事中的某个细节提出建议。儿童往往对朋友的想法和感受感兴趣，反过来，他们也想帮助朋友更好地创作故事。

故事创作者的反思力。在每个学习单元以及探究过程的最后阶段，教师提醒儿童回顾自己的故事创作记录并反思学到的一切是很重要的。教师把儿童创作故事的照片、插图和儿童的口述内容记录下来，儿童就可以从中选择，进而在"书"上展示。这样的记录可以让儿童观察自己的创作过程，并详细解释自己关于故事创作学到了什么。

故事创作者的成长型思维模式。正如里加拉（2016，267）所说："成长型思维模式使人相信，能力可以通过有关成功、错误和坚持不懈的经历而不断发展、提高和完善。"她提出了一种培养成长型思维模式的范式，即"过程"表扬——因儿童做的事情而不是他们是谁而表扬他们，这对年幼的学习者来说很容易，因为他们一直在做事！我们曾听教师说："我知道，你很努力地做拼贴画，我迫不及待地希望你分享你的故事！"或者"我注意到，你创作故事的时候和别的小朋友分享了积木，谢谢你成为他们的好朋友！"

当教育者通过实施探究过程来计划指导活动，并看到和听到以上所描述的行为时，故事创作文化就会逐渐建立起来，并且一步一步地发展壮大。接下来，我们将描述具体的探究过程，并展示故事创作过程中的每个阶段。

探究过程的三个阶段

可选择的探究过程有很多，重要的是，要认识到没有完全正确的探究过程。教育者应该了解多种可用的探究过程，并选择一个最能反映自己的学习信念以及儿童的学习水平和年龄的探究过程。当我们计划实施探究性课程时，教师和专家小组参考了许多探究模式，包括约翰·杜威（John Dewey）、凯西·默多克（Kath Murdoch）、凯茜·肖特（Kathy Short）和芭芭拉·斯特里普林（Barbara Stripling）的研究成果，"5E"教学模式和大六教学法，斯蒂芬妮·哈维和哈维·丹尼尔斯（Stephanie Harvey & Harvey Daniels）的探究理论，以及丽莲·凯兹（Lilian Katz）的项目工作阶段等。我们强调每个探究过程的重要部分，但也发现有些探究过程包含了太多的阶段和步骤，这对早期学习者来说不是很适用。

我们注意到一个问题，儿童在创作故事的过程中建构新的意义时，他们通常可以在几分钟或一天内完成整个故事创作环。由于儿童不断地选择以游戏为基础的创作地点，因此他们会在不同的创客空间来回走动，这意味着儿童作为一个群体，总是在不同的时间和地点创作故事，这使得教师管理探究过程有些困难。为了保证儿童创作的持续性，我们将探究过程缩短为三个阶段，以便教师记录儿童所处的故事创作阶段。

下面是关于探究过程（教师根据儿童的需求和兴趣计划教学过程）以及故事创作过程中每个阶段的作用的阐述。其中，所描述的儿童行为都来自具有丰富的故事创作经验的教师的观察数据，以及他们在儿童故事创作过程中的实践研究成果。

第一阶段：探索

"探索"阶段的目的是让儿童充分探索所有的材料和工具，帮助他们想象要创作的故事。儿童带着极大的兴趣和好奇心接触材料。此时，儿童更关注材料的特性，而不是材料如何帮助他们创作故事。教师应为儿童提供充足的时间去质疑和探究材料，而不是在刚开始就预设结果，因为儿童会用所有感官质疑和探索他们遇到的每一件材料的形状、大小、质地和颜色。你可能会发现，最年幼的学习者对用容器倾倒或盛装材料的声音和重量好奇，这是儿童安静下来使用材料或达到某一目的前的正常质疑和探索过程。安·佩洛（2017）认为，儿童必须首先从艺术探索开始。紧接着，她慢慢地让儿童探索用艺术媒介进行表征的方式，故事创作的工具和材料的选择也是如此，这被称为修改阶段。最后，儿童将设想如何使用材料创作故事，并不断调整教师提供的材料和工具。

在这段时间，教师可以在焦点课程上使用各种材料（积木、黏土、编织物、木工、水桌、颜料）演示想象、游戏和创作故事。教师观察并记录这个发现的过程，记录儿童使用的每一种材料，用拍照和书写的方式捕捉儿童对每个故事的想法。同时，教师运用故事范文来丰富儿童的词汇（情感词汇、描述性词汇、感官词汇）是非常重要的，从而促进儿童的语言发展，讲述自己创作的故事。

第一阶段 师幼故事创作的影响因素与过程

儿童探究的影响因素	儿童在探究过程中做什么	教师在探究过程中做什么
最初的接触 • 有助于激发儿童的好奇心，建构背景知识，设想话题/故事的课程 • 有助于激发儿童创作故事和想象材料的用途的物体、事件和问题 • 有助于教师了解儿童知道什么和他们能做什么的数据	**想象**：调动所有感官自由探索材料和工具的新用途 **游戏**：通过摆弄材料和工具来获得灵感 **创作**：就如何使用材料和工具提出问题并做出预测 **分享**：展示自己在故事创作过程中选择和使用的材料	**想象**：通过对材料和工具的探索，演示如何想象故事和探究 **游戏**：演示目标明确的游戏或改进材料和工具，为儿童游戏创设空间和新的目的 **创作**：促进小组的形成，确保具有共同兴趣的不同儿童共享资源，小组和个人彼此协商以支持创作 **分享**：分享自己的兴趣和创作过程，用工具捕捉儿童使用材料和创作故事的模式，与其他儿童分享记录
探索和研究 • 探索材料、工具和想法 • 在指导和支持下开展实践活动		

到了教学的第二阶段，儿童在演示这一阶段的探究行为时可能会有不同的行为表现。特别是在游戏和使用一系列材料完成一个故事之后的儿童，他们可能认为这很完美，可以分享自己的故事了。这是一件很正常的事情，也值得称赞。然后，教师在焦点课程上的不断演示，使得最年幼的学习者也会用不同的材料继续研究自己的故事。

当儿童能够熟练地游戏和创作各种故事，并灵活地运用语言和词汇讲故事时，我们就可以进入第二阶段的学习了。我们可能会听到儿童说："我创作了自己的故事！"这就说明，他们明白了故事创作的目的。另一种可以表明儿童能够进入第二阶段学习的情况是，儿童已开始学会在故事创作中使用你教过他们的词汇，如情感词汇。

第二阶段：调查

在"调查"阶段，我们鼓励儿童用不同或相同的材料重新创作已有的故事。该阶段的目的是让儿童通过调整已使用过的材料呈现故事中增加或改变的细节，进而创作不同版本的故事（改编）。通过回顾已经使用过的材料，他们开始修改、强化或创造故事中的新元素或某些部分。沃德里普和布拉姆斯（Wardrip & Brahms，2015）将这个过程定义为"修改和重新调整"。

在美国匹兹堡儿童博物馆的创作工作坊中，他们目睹了学习者将物体的特性与其日常用途相分离，以一种新的方式使用日常材料。同样，在故事创作过程中，儿童不再将纽扣看作夹克上的纽扣，而可能是太阳的中心。他们如果在第一版本的故事中将纽扣作为太阳，那么在第二阶段可能精确纽扣的用途，发现它更适合表征在地上爬行的蚂蚁。

在这一阶段，教师会寻找一些教学资源，比如优秀的故事范文，与儿童分享作者和插画作者是如何开始故事、处理故事细节和相关元素的，这些都会为儿童有目的的游戏提供策略。教师鼓励儿童互相分享建议，儿童往往会对同龄人的观点和感受感兴趣，并努力寻求他们的关注。刚开始，他们可能对坐在旁边做拼贴游戏的同伴大喊："嘿！看我做了什么！"但是，在每次创作故事的过程中，儿童会学习彼此的方法，他们会问同伴"你是怎么做到的"，并积极寻求建议，以改善自己的故事或提高自己使用某种材料的熟练程度。

在这一阶段，儿童的兴趣可能会减弱，他们也可能重新想象某种材料或工具的新用法，或受到某个新故事的启发，再次回到第一阶段。不过，教师可以通过引入新的材料或设置新的区域重新吸引学习者,并帮助他们创作故事的最佳版本。

第二阶段　师幼故事创作的影响因素与过程

儿童探究的影响因素	儿童在探究过程中做什么	教师在探究过程中做什么
调查 • 儿童学习提出问题、搜索信息、发现答案和新的细节 • 被引入支持调查的新概念、技能和材料 • 有助于儿童形成或扩展理解能力和创作能力的材料和情境	想象：表达一个故事想法或使用材料的意图,提出和回答问题,想出新的想法 游戏：调整和拆解材料以发现其在故事中的最佳用途；重新调整材料、工具和创作过程以修改、增强和创作新的故事 创作：运用一定的创作策略,寻找各类资源,重新创作故事；熟练使用各种工具、材料,掌握创作过程 分享：使用材料和工具分享故事	想象：演示如何带着疑问想象材料或故事 游戏：就某个想法、话题或问题,为儿童提供大量的资源和材料 创作：帮助儿童改善或变换材料或故事想法；在与小组和个人协商时,演示以新的或更复杂的方式使用材料和工具 分享：使用记录工具捕捉故事创作和修改的过程,并与儿童分享

当儿童有机会探究故事的最佳版本,并使用多种材料至少重新创作一个故事时,教师就可以引导他们进入最后的分享阶段。

第三阶段：交流

在"交流"阶段,儿童与他人可以自由分享自己的故事。该阶段的目的是让儿童与观众分享自己的作品,反思新知识,并对他们作为故事创作者取得的成就而自豪。这可以以"书"的形式呈现,也可以在创客谈话时间讲述、表演或展示他们的故事。教师为儿童提供了多种多样的方式去表达故事,以及他们作为故事创作者的身份所学到的一切。瑞吉欧·艾米利亚教育的创始人洛里斯·马拉古奇很好地阐述了儿童有"一百种游戏、说话的思维方式"(1998,3)。因此,我们想拓展"发表"(publish)这一概念,使其包括儿童表现出的多种语言。在第6章,我们将详细阐释儿童如何分享自己的学习。

第三阶段　师幼故事创作的影响因素与过程

儿童探究的影响要素	儿童在探究过程中做什么	教师在探究过程中做什么
交流 • 儿童分享学习，表达自己的理解，公开"发表"故事 • 儿童反思新的知识、技能和能力	**想象**：根据主题和观众选择一种分享故事的方式 **游戏**：提出关于材料或故事的新问题 **创作**：修改和改进分享的内容，设定新的创作目标 **分享**：反思自己创作的故事（已分享的故事）	**想象**：形成对最终作品的共同期望 **游戏**：让儿童选择分享/呈现故事的方式 **创作**：帮助儿童找到真正的观众和机会来分享故事 **分享**：促进儿童对故事内容和创作过程的反思，展示便于反思和赞赏的记录

故事创作文化中的家庭

家庭成员是故事创作文化中不可分割的一部分。当你开始在班级中建构故事创作文化时，一定要让家庭参与进来。以下是家庭参与故事创作的方式。

- 家庭成员受到尊敬和欢迎。最初，家庭成员了解故事创作的期望、流程以及空间和材料的使用规则。他们可以从教师寄到家庭的信件、儿童创作故事的照片（配有儿童的话）中了解故事创作。家庭成员喜欢看有关儿童参与学习的材料，故事创作就是一个绝妙的机会，教师可以拍照和记录，在墙上、公告板和应用程序上提供儿童学习的证据。以这种方式邀请家庭成员参与到故事创作文化中吧。
- 家庭成员清楚创作故事的目的。他们清楚故事创作的流程和期望，通过观察儿童的想象、游戏和创作确定儿童是一个故事创作者。他们可能鼓励儿童分享故事，并问他们："你今天创作了什么故事？"

- 家庭成员成为故事创作者。家庭成员可以在晚上和周末与儿童一起想象、游戏和创作故事。他们知道,任何事件都可以成为故事发生的背景,比如给油箱加满油或去商店购物。鼓励他们与儿童一起创作故事,他们也是故事创作共同体中的一员。

关于有特殊权利儿童的建议

- 向儿童演示好奇与使用材料和工具解决问题的能力。儿童经常问问题,向我们寻求答案。教师可以与儿童一起游戏,学习如何使用材料,说:"我不清楚,我们一起找出答案吧!"自由地探索,演示使用材料的方式,帮助儿童发现和模仿材料的多种用处。例如,演示用积木建造道路,用小雕像表演对话,用绑带将所用的材料绑在一起。
- 如果某个儿童没有准备好创作故事,那么他可以通过展示如何使用某个材料或演示某个工具的创新用法,分享他作为创作者的思维模式。故事创作文化具有包容性,每个人的想象和能力都将受到重视和尊重。

结　　语

在故事创作文化中,所有儿童都是其中的一分子,因为每个儿童都有独特的故事去想象、游戏、创作和分享。我们已经探索出建立具有包容性的共同体的常规与程序。当儿童在拼贴区摆弄材料时，他们便处于探究学习的状态。他们挖掘并创造自己的生活故事来与他人交流，形成能动性和个性，在故事创作文化中建构自己的日常故事。

儿童在故事创作文化中会表现出好奇心、观察力、探索力、创造力、坚持力、合作力、反思力，并形成成长型思维模式。当然，这不会凭空发生。只有当教师有意为儿童提供发展能动性和个性的机会时，这种情况才会发生。在故事创作文化中，儿童有权利进入探究过程的探索阶段。在第二阶段和第三阶段，儿童将对自己的能力有足够的信心，并将自己定位为故事创作者，便会形成自己的个性。在由学习者、探索者和故事创作者组成的学习共同体中，教育工作者可以与儿童一起思考、游戏和创作故事。教师与儿童之间形成的伙伴关系将释放每个儿童的创造力和想象力，有助于他们自由地游戏、创造和分享关于自己的世界的故事。

创客时间

康纳打算用木偶进行故事创作。他选择用一个大猩猩表演故事。当米歇尔老师观察了他几分钟后进行记录时，康纳告诉她，自己还在创作过程中。

"有一天，我去了动物园，我看见一只大猩猩，它站起来这样做。"（他拍

康纳用木偶分享故事的第一个版本

打着胸部）

康纳继续游戏和创作故事。大约40分钟后，孩子们开始清理，他想分享自己的故事：

"大猩猩又大又壮（他在复述过程中加入了动作和卡车）。有一次，有只小猩猩越长越大，越长越大，最后变成了一只大猩猩（康纳表演大猩猩砸卡车），然后它把整个世界都砸了！"

接下来的一个星期，康纳想继续创作大猩猩的故事。这次，他想用乐高积木研究故事的细节。

康纳分享他重新创作的故事

故事创作照片记录表

故事创作者: 康纳　　　　　　　　　　**日期:** 9/4/14

探究：你的故事是关于什么的

材料	故事想法
乐高积木	继续大猩猩的故事

故事记录

 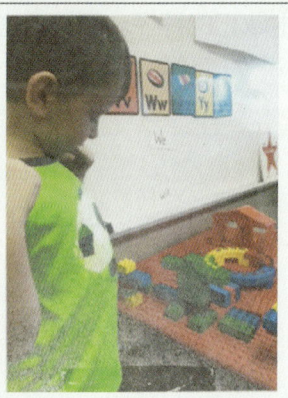

口述故事记录

康纳：大猩猩穿着紫色的裤子，没有衬衫，也没有鞋子。只是紫色的裤子，没有袜子！

米歇尔老师：它在做什么？

康纳：它砸碎了墙壁，举起了一座建筑。它能举起巨大的建筑，因为它太大了！

下一步：下次活动要核对的行动计划

故事创作的目标

用于下周核对，并向他展示他是如何改编故事的，由此让他可以复述故事

记录显示了，康纳如何改变材料的用途以更准确地表征他想象的角色

康纳：大猩猩穿着紫色的裤子，没有衬衫，也没有鞋子。只是紫色的裤子，没有袜子！

米歇尔老师：它在做什么？

康纳：它砸碎了墙壁，举起了一座建筑。它能举起巨大的建筑，因为它太大了！

康纳又仔细琢磨了 10 分钟。他开始重新思考如何使用材料表征角色。他将大猩猩变成了全绿色的，用一个紫色的乐高积木做它的裤子。康纳自信地说："它只需要再加一块紫色积木。"

第 4 章

故事创作如何开始

故事创作的第一课

在新学年开始的星期一早晨,米歇尔老师和一组热情的儿童围坐在地毯上,他们正准备去我们当地的博物馆中雷切尔老师开设的教室做游戏。她通过将儿童视为故事创作者来与他们打招呼,并向他们介绍了一天中故事创作的新时刻。

米歇尔老师:早上好,小故事家们!

全体儿童:早上好!

米歇尔老师:你们听见我叫你们什么了吗?

全体儿童:是的!

米歇尔老师:我叫你们什么?

全体儿童:小故事家!

米歇尔老师:是的!今天我们将学习故事创作者如何创作故事。我们要去集合区先上课。猜一猜,接下来我们要做什么?

全体儿童:做什么?(发出兴奋的尖叫音)

米歇尔老师:我们来回走一走、想一想,然后进行游戏,创作故事!最后,我们再回来分享(她指着故事创作环展示每一个部分）。

很多儿童喊道：我想要分享！

米歇尔老师：我们的第一件事是上课（米歇尔老师拿起一张全班儿童坐在地毯上听课的照片，并把它贴到图表的某个区域）。让我们谈谈课上发生了什么，琢磨一下这张照片，其中的老师正在做什么？

萨拉伊亚：他们在谈话。

米歇尔老师：是的（米歇尔将一张便利贴贴在图片上以解释老师的行为）。现在，大家在课堂上应该做什么？

一些儿童：用耳朵倾听！

米歇尔老师（给照片贴上便利贴）：那我们开始上课吧。你们知道吗？玩积木或乐高玩具的时候，你们也可以想象一个故事。因此，我要在你们面前玩积木，看看这会不会让我想到一个可以和大家分享的故事。

儿童通过锚图学习故事创作的流程

米歇尔老师伸手拿了几块积木，开始在儿童面前建构。正值新学年开始，儿童都在画自己的肖像，米歇尔老师便拿了几块积木开始拼自己的脸。她跟儿童说，她想试试看游戏会不会帮她想出一个故事。米歇尔老师找小块的乐高积木拼出自己的肖像，并把它们放在地毯上当作眼睛和鼻子。紧接着，她停下来告诉儿童，她想到了一个故事。

第 4 章 故事创作如何开始　　79

米歇尔老师在焦点课程上演示故事创作

米歇尔老师说："小故事家们，你们知道吗？当我把乐高积木放到眼睛和脸的位置时，它让我想起这个周末我用眼睛看到的一些东西。你们知道我看到了什么吗？我向窗外看时，看到了很多树。"

她抓起几个柱状积木，在儿童面前搭了几棵树。她继续解释说，她看到了一只红色的鸟，于是在建筑上面放了一个红色的乐高积木。就在这时，她大声地叫了起来："哦，我的天哪，我想我可以创作一个故事了！"她继续阐述用材料游戏和想象的过程，并继续游戏，最后创作了一个故事。现在，她准备好分享故事了。

通过这第一节焦点课程，米歇尔老师揭示了一个秘密，也就是如果我们想与儿童一起创作故事，那么我们应该如何开始。她演示了整个故事创作环的过程，并在摆弄材料时提出了一个新的目的，也就是想象我们生活中的故事。本章将详细阐述如何开始第一个单元的故事创作，以及"探索"阶段的系列指导，这样可以让儿童充分探索所有的材料和工具，进而想象要创作的故事。

从游戏走向故事创作

故事创作环从激发儿童的想象力开始，游戏能够提供时间和空间，使儿童可以自由地发挥想象力。马特·格洛弗（Matt Glover，2009，71）十分认同潘斯凯普（Panskepp）的观点，即"根据维果斯基（Vygotsky，1966）的观点，假装游戏是幼儿阶段的主要活动，它具有促进他们形成更具发展性成就的功能，如想象力以及更高层次的思考能力（如解决问题）和自我调节"。格洛弗认为，儿童的戏剧表演将讲故事和写作自然地联系在一起，"儿童根据自己画的画讲故事并不少见，他们会画一幅画，然后根据画讲一个详细的故事"（72）。我们观察到，当为儿童提供一个新的探索目标或创作故事的目的时，儿童会受到启发，可以用任意区域的任何材料创作故事。这就是为什么我们要开发一套课程详细介绍创客空间中的多样化材料，以便儿童探索和想象可以游戏和创作的故事。焦点课程不是要把某些学习技能强加给还未准备好的年幼学习者，而是在故事创作文化中演示我们的思维模式。当我们在焦点课程上与儿童一起成为故事创作者时，他们会受到启发，从而游戏并创作自己的故事。儿童在学习的过程中的确要学习某些学习技能，但我们要明确的是，他们的游戏和创造才是故事创作经验的核心。

故事创作环包括探索新材料或新策略的焦点课程、用材料想象新故事的时间、独立的游戏和创作时间，以及最后的分享时间。我们喜欢把这种循环描述为"可控的混乱"。它是混乱的，也是无序的，这是探究性学习的本质。迈克·麦加利亚德

（Mike McGalliard）在"创造性游戏循环"[1]（Creative Play Spiral）中解释了类似的行为，这是一种创作模式，它以激发儿童的灵感为开端，以分享真实的手工作品为结尾。他写道，"也许只有儿童'摆弄'了某种可用的材料，他们才会有'灵感'进行创作"（2016，117）。同时，在故事创作单元的第一阶段、第二阶段和第三阶段，儿童可能多次重复故事创作环的某些环节。例如，儿童可能会重复"游戏"和"创作"环节，并"想象"某个新的方式重新创作故事。

焦点课程与探究过程

第4、5、6章的课程旨在帮助教师和儿童完成故事创作单元的第一、二、三阶段。为了帮助教师更好地理解这个过程，下面的表格列出了每个阶段焦点课程的目的及目标。

焦点课程的目的和目标

焦点课程的目的	课程目标
第一阶段"探索" 焦点课程（第4章） 让儿童充分探索所有的材料和工具，帮助他们想象故事进行创作。	• 通过创建有关儿童生活的图表，让儿童了解故事创作的目的（仅在第一单元或任何需要提醒儿童故事创作流程的时候呈现）。 • 让儿童使用材料分享生活中的故事。 • 让儿童在一个新的创客空间中使用材料创作故事（全年更换材料）。 • 让儿童通过发现真正的作者的想法，学习如何想出故事。
第二阶段"调查" 焦点课程（第5章） 让儿童回顾已创作的故事，并使用不同的材料或相同的材料为整个故事创作一个更好的版本。	• 儿童回顾已创作的故事，通过选择新材料重新创作故事。 • 让儿童用故事创作文件夹整理自己的记录（仅在第一单元或任何需要提醒儿童故事创作流程的时候呈现）。 • 让儿童在游戏之前使用锚图呈现自己的想法。 • 让儿童在教师的指导下讲故事，并知道如何开始创作。 • 让儿童通过研究其他插画家的作品在插图中添加细节。

---

[1] 由迈克·麦加利亚德提出的一种创作模式，包括七个步骤：启发、想象、建构、游戏和分享。——译者注

（续表）

焦点课程的目的	课程目标
第三阶段"交流" 焦点课程（第6章） 让儿童任意选择一种方式与他人分享自己的故事。	• 让儿童用马拉古奇提及的一百种"语言"中的一种"语言"（如歌曲、舞蹈、橡皮泥）分享故事。 • 让儿童通过记录，在纸上写故事。 • 让儿童通过研究故事范文的部分内容选择"发表"故事的方式。

工作坊模式

我们每天的故事创作都以工作坊的模式开展。我们选择这种模式是因为它"能够平衡游戏和直接指导、探究和鹰架、创造力和选择、集体和个体自主。这是一个适应学习者特定需求的模式"（Mraz & Hertz，2015，11）。这种模式已被广泛应用于阅读和写作中，是唐纳德·格雷夫斯（Donald Graves）、露西·卡尔金斯（Lucy Calkins）、凯蒂·伍德·雷（Katie Wood Ray）等教育家的工作基础。下面是该模式的主要部分，包括焦点课程和故事创作环。

焦点课程。每个工作坊都以一个焦点课程开始，这也是我们开始一天的故事创作的方式。故事创作的焦点课程是由教师提供直接或间接的指导，从而聚焦和探索材料或工具的使用方式，甚至受到某个故事想法的启发。演示焦点课程的每个部分非常重要，因此教师要用合适的教学语言阐述焦点课程的每个部分。

想象。我们为儿童提供一段时间反思在焦点课程中观察到的东西。在这段时间，教师会帮助儿童选择在一天中使用的材料或创客空间。当然，儿童在获得灵感之前可能需要时间摆弄材料。记录表在这个过程中很重要，有助于你记录材料的使用及其频率，以及故事想法。

游戏和创作。接下来，儿童离开集合区，开始独立创作。

在故事创作过程中,儿童通过在学习环境中选择特定的创客空间或材料进行游戏和创作。我们将在后文具体讨论游戏和创作的三个组成部分。

分享。最后,分享时间是指儿童聚在一起分享自己已学的知识或教师利用这段时间强化儿童的学习。为了创作故事,儿童在一起分享自己用材料创作的故事,以及他们是如何创作故事的。在早期学习环境中,我们鼓励儿童先赞美别人,然后慢慢地给别人周到的建议,进而在分享时间持续丰富故事。最常见的结束故事创作活动的方式是提供一个特定的时间,即"创客谈话时间",也就是一些儿童被选中或自愿与朋友分享自己如何创造故事的。我们将在第6章讨论更多有关分享故事的方法。

在分享故事时间,另一个常见做法是合作讲故事。正如第3章所述,讲故事是故事创作的一部分。当你选择一个班级中发生过的真实事件,和儿童一起用材料创作它,在创作过程中分享事件的每一个元素时,你就使用了另一种奇妙的方式分享和建构强大的故事文化。

在《如何有效运用阅读教学策略?》[1]（*The Art of Teaching Reading*）一书中,露西·卡尔金斯（2001）具体描述了一个教学框架,她称之为迷你课结构。这种结构对教师非常有帮助,你将在每个课程案例的"聚焦与探索"环节看到相同的部分。以下是这个迷你课程的组成部分。

本特利在创客谈话时间分享自己的故事

---

[1] 该书的中文简体版由教育科学出版社于2018年出版。——译者注

导入。课程从导入开始。这是一个机会，教师可以用个人故事或以前学习的内容与课程建立联系，以更好地支持当天的课程目标。

教学。教学部分是课程的直接指导部分。在这个阶段，教师可以使用探究式的教学方式，提出一个启发性的问题或向儿童提问，并共同寻找答案。

积极参与。积极参与部分让儿童尝试教师教授的内容。儿童经常同伙伴交流练习新技能，独立计划和创作故事的某一部分，或者一起合作学习新技能。教育者在这一短暂的时间里观察学习者，评价他们当前的理解程度。该部分的目的是让教师在学习者独立学习与合作学习之前评价他们对焦点课程的理解程度。

你如果不熟悉这种教学结构，请不用担心。我们将在本章的后面提供范例式教学和探究式教学的一些例子以供参考。

开始故事创作

我们的许多教师一开始都很困惑："该如何向儿童介绍故事创作？""第一节课该是什么样子的，我才能和儿童都做好准备？"我要提醒的是，没有一种方法是"正确的"，但你有很多种选择！在教室里，我们全年都实施四个故事创作单元，每个单元课程长达9周，其内容与自然、颜色、建构和光线相联系，同时采用相应的材料。如果你想要实施这四个单元，我们可以提供为期一年的计划，重点强调每个单元的焦点课程。不过，我们更鼓励教师根据自己的需求和儿童的兴趣做出自己的课程单元。

教师决定开始实施任意新的单元时，都会进入第3章所述的第一阶段，即"探索"阶段。这个阶段的目的是让儿童充分探索所有材料，想象故事。因为这是儿童第一次进入探究过程，因此教师不得不添加一些课程管理方面的内容，以便儿童了解这种新的游戏方式的目的和程序。同时，教师要指导所有儿童完成故事创作环中的每个步骤，让他们体验故事创作是如何运行的。在以后的单元中，儿童将按照自己的节奏完成故事创作环，但现在他们仍然需要学习如何从游戏到创作再到分享的每一个步骤。接下来，可以了解课程单元，以及我们关于如何开始课程所提出的建议。

介绍故事创作

让儿童明白故事创作的目的以及他们每天应该做什么非常重要，因此，教师要向儿童演示故事创作的部分内容，使他们理解在一天中应该做什么。教师可以这样解释："在我们每天的活动安排中，现在的时间就是故事创作时间。每天的这个时候，我们都会聚在地毯上共同上一节焦点课程，然后去创客空间为创作故事而游戏，最后回来分享和参加创客谈话时间。"将创作故事列为全天活动的一部分，并在教学时间表中加以重点标注，创建一个包含照片和记录的锚图，向儿童展示每个部分，并在便利贴上做注释，标注儿童需要特别注意的

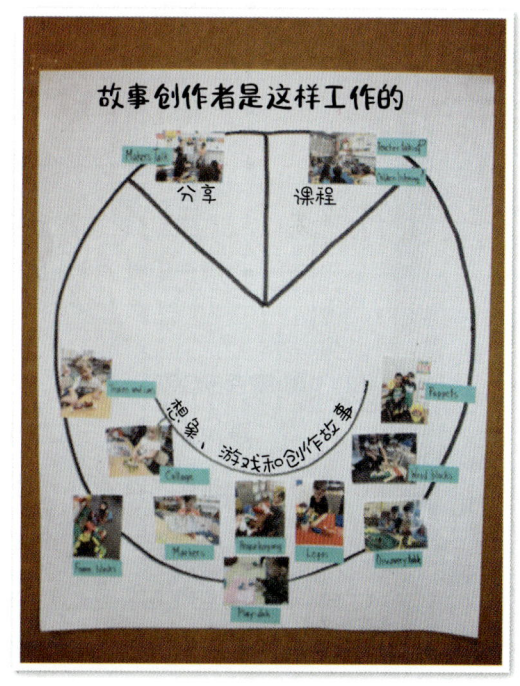

第一张故事创作锚图

内容。在接下来的几节课中，向儿童展示每种材料，继续添加记录，同时在锚图中添加一个箭头，向儿童说明教师所处的故事创作阶段。当儿童了解了程序后，就可以取消锚图。

------------ **故事创作课程** ------------

介 绍

目标：通过创建锚图和了解生活的每个部分，儿童将了解故事创作的目的。

材料

- 在一张大纸上画出"故事创作者是这样工作的"锚图
- 用于标注的便利贴
- 记号笔
- 一张你在教室的某个区域给全班儿童上课的照片
- 一张儿童摆弄材料的照片
- 一张儿童在某个教学区域中分享的照片（这张照片可以在上课前展示，并在焦点课程上用于解释"分享"环节）
- 用于记录的照相机

聚焦与探索

导入："我们一直在学习如何在区域中游戏，现在我想向大家展示，如何在故事创作时间以不同的方式游戏。"教师用手指着教学时间表上的故事创作时间。"每天在故事创作开始的时候，我们会聚在地毯上上课。今天，我们都将成为故事创作者，我将向你们展示故事创作者能做什么。"展示一张你给全班儿童上课的照片，在照片上标注重点（如儿童听，教师说），同时将这张照片贴到锚图上。

教学：向儿童展示，如何摆弄材料来获得创作灵感。向他们解释，现在他们需要听课。"小故事家们，我们每天都在区域中边玩边学，将积木和娃娃家称为材料。我要摆弄自己的材料，看看它们是否能启发我创作一个故事。"刚开始，我们可以用某种材料，如积木，为自己创造一个故事场景或一幅肖像。当你选择材料和标记正在做的事情时，可以边思考边大声说出来。

"小故事家们，我在做自己的肖像，当我用乐高积木做眼睛时，它让我想起了我之前看到的东西。"教师继续用材料拓展故事，解释自己看到了什么。"你知道刚才发生了什么吗？我在摆弄材料的时候突然有个灵感，然后我创作了一个故事，现在我要分享故事了！"用简单的开头、中间和结尾讲述一个简短的故事。如果这对儿童来说内容太多了，教师就可以说一个句子。不要在一开始就说太多的细节，因为我们希望儿童能够重复教师的做法，并觉得自己也可以做到。

教师边指锚图，边解释焦点课程。"每天，我们都将学习一种新的方式以更好地创作故事。"将箭头移到锚图中"想象、游戏和创作故事"的笑脸部分。"现在我们必须为故事创作的最重要部分做好准备，从游戏和创作想法中获得灵感。"给儿童展示一张他们摆弄某个材料的图片，然后给图片做标注，把这张图片贴在锚图上。在接下来的系列课程中，在介绍每个创客空间或材料时继续添加记录。

"游戏结束，我们回到地毯上分享吧！"给他们看另一张图片，在创客谈话时间给图片做标注。

积极参与："你能立刻闭上眼睛，想到今天给你创作灵感的材料或区域吗？"停下来，让儿童想一会儿。"你会睁开眼，告诉别人你今天想用的材料或区域吗？你今天会在那里做什么呢？"允许儿童转过身来说话，或者告诉教室里的成人他们是否准备好了。让儿童选择他们今天想去的地方，并用轶事记录捕捉他们的想法，这样你就可以在故事创作时与他们核对。如果你是在年初开始实施故事创作，那么你可以针对教室中已开放的区域限定儿童做出的选择。

想象

帮助儿童思考，他们今天想摆弄什么材料以激发创作灵感，在故事创作状态记录表（见附录）里记下儿童的选择。

游戏与创作

选一些创客空间进行观察、记录，或者一对一地交流，全力帮助儿童发现自己的故事。记录儿童的口述内容，保存故事的图片，或者拍摄儿童用不同材料游戏的照片，并把它们添加到锚图中。

分享

教师带儿童回到集合区，将箭头移动到锚图的"分享"部分。"小故事家们，每天我们都会用分享时间结束故事创作，有时我们会让你们中的某个人在创客谈话时间分享自己的故事，有时我也会分享一些我希望你们尝试的东西。例如，我看到（儿童的名字）用……创作故事，也许你们明天可以尝试一下。请记住，每次我们为创作故事而集合时，都会先聚在地毯上上课，然后离开地毯去想象、游戏和创作故事，最后在分享环节结束

· 来自故事现场的声音 ·

"今年刚开始的时候，我想到一件事，为什么儿童似乎比往年这个时候更进步。我做的一件不同的事情是没有在开始的几堂课上问儿童'你想在哪里创作故事'（如娃娃家、积木区、科学区），我基本上是在特定的地方演示故事创作过程。例如，在开始的几节故事创作课上，我们都用了积木。随着时间的推移，我将让他们自由选择创作地点和材料，但是在开始的几周，我打算演示并且教他们如何使用材料。"

——洛丽，一位幼儿园教师

课程。"当你总结故事创作课时，要将锚图的箭头移动到不同的部分。

经过最初阶段的学习，儿童来到集合区，选择某个材料或区域进行游戏和创作，再回来分享故事。这时，教师可以演示如何从学习环境中的材料获取灵感，由此儿童在游戏过程中就能够发现一个新的游戏目的。一旦儿童掌握了故事创作流程，"故事创作者是这样工作的"锚图就可以不用了，取而代之的是故事创作环的锚图，我们接下来将详细说明。

建构故事创作策略

下一节课是生成性的，这意味着它可以通过不同的例子一次又一次地帮助儿童随着时间的推移建立一套用材料进行游戏和创作的综合策略。我们建议从儿童最熟悉或最感兴趣的材料开始。我们见到的每个学习环境都是以不同的方式呈现的，在一间教室里，儿童如果不能充分地摆弄积木，我们就要用积木演示，使他们保持持续的兴奋状态。在另一间教室里，儿童已经准备好用一种新材料重新唤起对游戏的热情，所以我们选择了拼贴画。在另外一间瑞吉欧教室，儿童刚学会使用彩色铅笔的技巧，于是他们开始聚精会神地玩艺术材料。最后，我们让一些儿童在修改空间使用牙签、低温胶枪和泡沫积木做游戏，因为这是他们开始创作的那一年的晚些时候，儿童已经习惯在修改空间创作了。最为关键的是，无论你选择什么样的材料，你都可以通过课程"如何成为故事创作者"支持儿童在游戏中的新想法。

故事创作课程

如何成为故事创作者

这里的生成课程主要是指随着时间的推移,向儿童演示如何使用每个创客空间(如建构区、缝纫区、拼贴区、编织区、娃娃家、木偶区、数学操作区、科学区、艺术区、沙水区、玩橡皮泥区)进行游戏和创作故事。

目标:儿童将通过使用材料分享自己生活中的故事。

材料

- 带有与探索主题相关的图片的积木
- 与探索主题相关的书籍
- 与主题相关的人物;不同大小的积木
- 教室中心的小锚图"这些积木/建构材料给你的故事创作带来了什么"
- "如何成为故事创作者"锚图
- "故事创作者是这样工作的"锚图上儿童游戏的图片
- 与课程所选择的材料有关的个人记忆
- 用于记录的照相机
- 故事创作状态记录表

聚焦与探索

导入:"每天我们来到活动区发挥想象力进行游戏。我们穿着娃娃家的服装,想象自己在做饭。我们画画并想起和家人在一起的特别时光。我们还用积木建造城堡和城市。这多有趣啊!但是,你知道吗?当你摆弄这些材料的时候,你会获得一个创作故事的灵感!我在想,今天你到达活动区时可以用材料获得创作故事的灵感。你将学习成为一个故事创作者！"

教学："例如，我今天要在积木区玩，看到了一些材料。"教师展示与探索主题相关的积木、人物的照片。"我想知道，'这些材料会给我带来什么灵感？'"通过复述故事演示分享记忆的策略。下面的例子是看一个带有湖泊图片的积木，但你可以用其他照片代替。"这种材料让我想起了在水坑里玩耍的时光。这是一个故事！我可以使用这块积木创作故事。我记得那天我看见一个水坑，它在那天下过雨之后形成。我用材料把这些细节添加到我搭建的结构中（开始用积木建造房子）。我记得自己跳进了水坑，于是我在故事中加了一个人物。"让儿童在教师的建构作品中加入材料，增加故事细节（允许每个人都可以参与建构故事，使故事具有差异性），比如添加跳跃的动作或其他角色行动，使其他儿童也都保持积极参与的状态。

积极参与：现在，让儿童指着一种材料说出自己与之相关的故事想法或记忆来分享一些例子。"这些材料启发了你创作什么？"思考一会儿后，让几个儿童分享或让全班儿童轮流发言。

"所以，今天你们将学习如何成为故事创作者，通过想象一个故事和摆弄材料来进行故事创作"（指着锚图的每个部分）。

想象

询问儿童："想一想，今天你想用什么材料获得灵感呢？当你知道自己今天去哪里时，请竖起大拇指。"用故事创作状态记录表（见附录）进行记录。

游戏与创作

创建一个创客空间小组。帮助儿童发现自己的故事。当他们准备讲故事时，记录他们的口述内容和照片，为每个儿童提供一份故事创作状态记录表。

"如何成为故事创作者"锚图

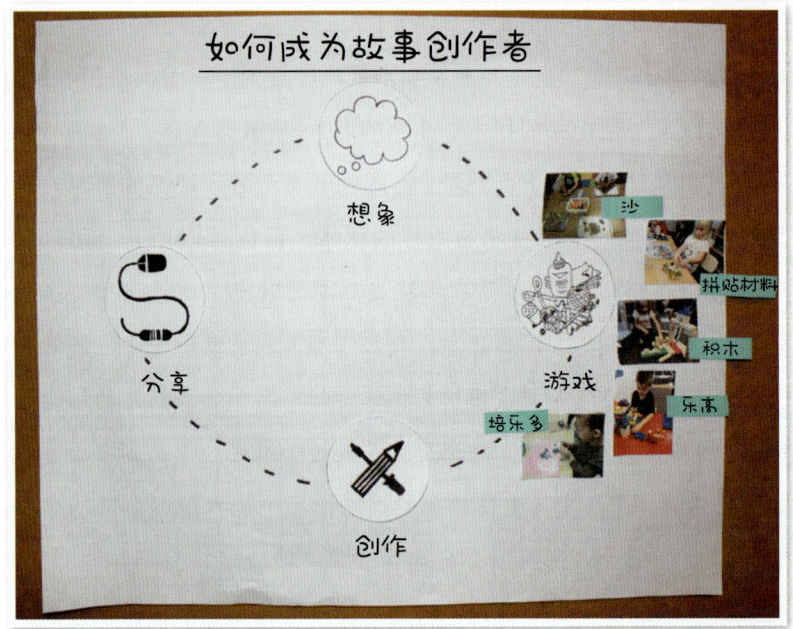

分享

请已经创作了故事的儿童参加创客谈话时间，分享他们的故事。为儿童提供相关图片或实际材料，有助于他们通过触摸材料记住故事中的每个部分。教师在一整年里都要不断记录儿童所创作的故事。

介绍新材料

在第一阶段，重要的是，不仅要让儿童了解使用材料的目的，也要让他们了解新的材料。介绍新材料能够增强他们游戏的兴趣和兴奋感。当然，面对任意一种新材料，儿童都需要足够的时间调动所有感官去探索，你会看到儿童堆叠、倾倒和填充，而不是受到启发，具体内容请参阅本章末尾的图表，你可以详细了解故事创作的第一单元第一阶段的儿童行为。这些行为与儿童的游戏发展阶段是一致的。他们必须先探索材料，然后我们才能期望他们进行假装游戏或使用材料激发他们的想象力。我们可以首先将拼贴材料引入创客空间。你要强调的问题是："这些材料能启发你创作什么？"为了启发创作，我们建议在每个有这个问题的区域贴一个小锚图，并根据空间中的材料拍摄照片。下面就是拼贴区的一个很有代表性的例子。

启发儿童进行创作的拼贴区和锚图

我们建议通过提供一些范例式课程和探究式课程平衡教学。姆拉茨和赫兹（Mraz & Hertz）总结了萨拉·刘易斯（Sarah Lewis）在《你不是失败，只是差一点成功》[1]（*The Rise: Greativity,*

---

[1] 该书的中文简体版由浙江人民出版社于 2019 年出版。——译者注

> **· 来自故事现场的声音 ·**
>
> "我根据儿童的兴趣选择材料。本周的早些时候，我告诉儿童，我要为他们创设一个新的空间，并分享了可以放在里面的不同材料。大部分儿童决定使用不同的拼贴材料。我今天拿出的拼贴材料与我们在第二单元使用的不同，带有儿童之前没接触过的颜色、大小和纹理。"
>
> ——塔拉，一位幼儿园教师

the Gift of Failure, and the Search for Mastery, 2014) 一书中关于玩具的实验研究。研究人员以不同的方式向两组儿童展示相同的玩具，即通过直接指导的方式教一组儿童使用玩具，同时给另一组儿童充足的时间探索玩具。"研究人员发现，被允许通过游戏的方式对玩具进行探索的儿童有更强的好奇心、参与度和耐力。他们发现了玩具的隐藏特点，且玩得更久，合作行为更多，但直接指导组的儿童忽略了隐藏特点"（2015，158）。因此，提供探究式课程很重要，能够有效平衡儿童对两种指导类型的需要。下面是一节有关介绍拼贴材料的探究式课程。

故事创作课程

介绍拼贴画

目标：儿童将在新的创客空间中使用拼贴材料创作故事。

材料

- 拼贴材料（毛毡、橡子、青苔、叶子、木片、珠子、树皮、羽毛、木珠、树枝、纽扣和其他开放性材料）
- 放在新的创客空间中的小锚图"这些拼贴材料可以激发你创作什么"
- 故事创作状态记录表
- 用于记录的照相机

聚焦与探索

导入:"早上好,小故事家们!故事创作者有时会采用拼贴技术。大家了解拼贴吗?我想,我们可以学习使用拼贴画,那么我们以后就可以用一种新的方法来创作故事了。"

教学:"我想知道……小故事家们,我今天的问题是,'这些拼贴材料会让你们想创作什么?'(展示小锚图)嗯,我不知道,但我们应该一起探讨和研究这个问题。我带了一些特殊的材料用于拼贴。我希望大家思考,这些材料可以让你们产生哪些想法(教师用手在头部做出思考的动作)或让你们想到了什么。"

布鲁克林用拼贴材料创作故事中的人物

展示不同颜色的毛毡,让你看起来像在思考。"有人受到启发吗?这让你想到了什么?我们可以创作一个有关的故事吗?"允许儿童分享他们的想法。

"等一下,我们需要更多的拼贴材料来创作故事吗?"拿出一盒或一盘开放性材料。看看这些材料,"我想知道,这些材料让你们想到了什么?"

积极参与:继续拿出各种开放性材料供儿童观看。"小故事家们,我想让你们仔细想想,看看这些不同的材料,它们能激发你们创作什么?"给儿童一段思考的时间,让他们转身和同伴交谈或分享想法。

想象

请儿童想一想,他们今天想用什么材料。观察儿童并记录哪些材料带给了他们灵感,并在故事创作状态记录表记录他们是否有故事创作的灵感。

游戏与创作

观察拼贴区的小组儿童。当他们完成并准备分享故事时,记录他们的口述内容和为拼贴画拍照。

锚图上的记录展示了故事创作环中的创作部分

分享

请已经创作了故事的儿童参加创客谈话时间,分享他们的故事。为儿童提供相关图片或实际材料,有助于他们通过触摸材料记住故事中的每个部分。在第一节课中锚图的"创作"部分添加拼贴记录。

故事创作策略教学

当然,儿童在有故事创作的想法前,需要大量的时间思考和探索材料。有些儿童在游戏时可能会自然而然地开始分享故事,但我们观察到,儿童对有些材料的探索还比较困难。对一些没有游戏经验的儿童来说,可能更加困难。因此,我们为儿童开发了一套探究式课程,帮助他们学习获得创作灵感的策略。

------------ **故事创作课程** ------------

故事灵感来自哪里

（附加课，1~3 天）

目标：通过发现真正作者的想法，儿童将学习如何获得故事创作想法。

材料

- 儿童最喜爱的书籍的封面
- "故事灵感来自哪里"锚图
- 记号笔
- 故事创作状态记录表
- 故事创作记录表或故事创作照片记录表
- 用于记录的照相机

聚焦与探索

导入：第一天，"我们一直在创客空间使用不同的材料创作故事，但有时候，我们玩着玩着就会困惑于该创作一个什么样的故事。所以，今天我们要学习故事的灵感从哪里来，想象作家是如何获得灵感来写书的。"

教学："我想知道，故事的想法从何而来？让我们来看看这本书的封面。"展示一本教师和儿童都非常熟悉的书的封面。例如，你可以展示经典作品的封面，如洛伊丝·艾勒特（Lois Ehlert）的《种彩虹》[1]（*Planting a Rainbow*）或罗德·坎贝尔（Rod Campbell）

---

[1] 该书的中文简体版由接力出版社于 2017 年出版。——译者注

的《亲爱的动物园》¹（*Dear Zoo*）。"小故事家们，你们认为，是什么启发了作者写关于＿＿＿的故事呢？"记下他们的想法，并提出作者可能运用想象力写一本关于他们最喜欢的地方的书。在锚图上写"最喜欢的地方"，并请儿童提供一些他们最喜欢的地方，同时在图中的线旁画出草图。

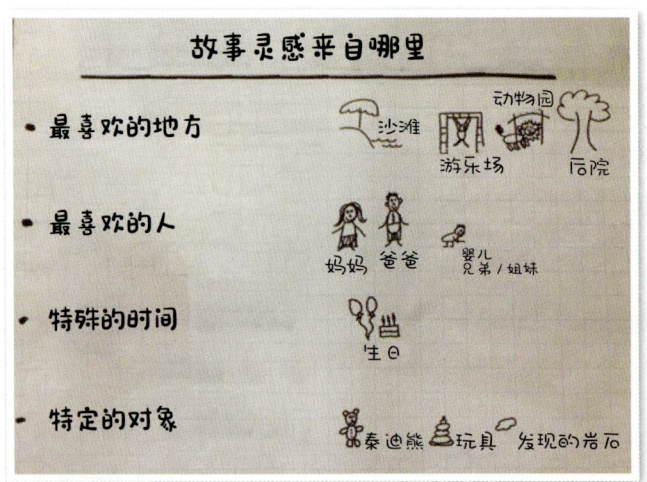

为儿童创作故事带来灵感的锚图

选择：根据儿童注意力的持续时间，继续向他们展示更多的书籍封面，比如琼·里根（Jean Reagan）的《如何照顾奶奶》（*How to Babysit a Grandma*）和艾丽莎·凯普莉（Alyssa Capucilli）的《晚安，小饼干》[2]（*Biscuit*），建议儿童为自己喜欢的人和宠物写故事。提出"最喜欢的人"，把它写在图上。询问他们的想法，这样教师就可以在这条线旁边画出草图或提供图片，也可以在第2天、第3天完成，然后展示另一本书的封面。将"特殊的时间"和"特定的对象"添加到锚图中，并在旁边添加草图或图片。

积极参与："小故事家们，今天我们最喜欢的书和作者真的帮助了我们，我们也可以在自己的生活中想象故事。现在，当你们摆弄材料和创作故事没有灵感时，我们可以为大家提供一些策略。如果你们今天在游戏时产生了故事创作的想法，那么请告诉我，我会

---

[1] 该书的中文简体版由二十一世纪出版社于2012年出版。——译者注
[2] 该书的中文简体版由安徽少年儿童出版社于2010年出版。——译者注

将它们添加到锚图中。"

想象

让儿童轮流发言，计划今天要用什么材料讲什么故事。回顾你的轶事笔记，了解儿童要去哪里创作什么故事。将每个儿童的计划记录在故事创作状态记录表中。

游戏与创作

用故事创作记录表或故事创作照片记录表仔细观察儿童，记录他们的想法。

分享

请已经创作故事并愿意在创客谈话时间分享的儿童谈谈他们的创作灵感，以及他们熟悉的作家。可以把任何创作故事的想法（如强烈的感受或发现了一个特别的目标）都添加到锚图中。

激发故事创作灵感的书籍

本节课可以在一学年中的任何时候进行，只要你看到儿童需要受到鼓舞以获得创作灵感时就可以进行。故事范文可以帮助他们产生故事创作的想法。下面是一些有助于儿童获得故事创作灵感的书籍，你可以把它们写在锚图上。

最喜欢的地方

- 《边听边走》（*The Listening Walk*，Paul Showers）
- 《皮特猫：冲浪不可怕，勇敢试一下！》[1]（*Pete at the Beach*，James Dean）

---

[1] 该书的中文简体版由文汇出版社于 2019 年出版。——译者注

- 《在那草地上》(*Over in the Meadow*，Ezra Jack Keats)

最喜欢的人

- 《交换三明治》(*The Sandwich Swap*，Queen Rania of Jordan Al Abdullah)
- 《大红狗克里弗》[1] (*Clifford: The Big Red Dog*，Norman Bridwell)

最喜欢的食物或餐厅

- 《火龙爱吃玉米卷》[2] (*Dragon Loves Tacos*，Adam Rubin)
- 《要是你给老鼠吃饼干》[3] (*If You Give a Mouse a Cookie*，Laura Numeroff)

特殊的时间

- 《大卫上学去》[4] (*David Goes to School*，David Shannon)
- 《我们要去捉狗熊》[5] (*We're Going on a Bear Hunt*，Michael Rosen)

特定的对象

- 《古纳什小兔》[6] (*Knuffle Bunny*，Mo Willems)

---

[1] 该书的中文简体版由人民文学出版社于 2017 年出版。——译者注
[2] 该书的中文简体版由北京联合出版公司于 2016 年出版。——译者注
[3] 该书的中文简体版由接力出版社于 2017 年出版。——译者注
[4] 该书的中文简体版由河北教育出版社于 2019 年出版。——译者注
[5] 该书的中文简体版由河北教育出版社于 2020 年出版。——译者注
[6] 该书的中文简体版由新星出版社于 2016 年出版。——译者注

- 《不可思议的化石》[1]（Fossil，Bill Thomson）
- 《那些鞋》（Those Shoes，Maribeth Boelts）

强烈的感觉
- 《噘嘴巴的大头鱼》[2]（The Pout-Pout Fish，Deborah Diesen）
- 《拉玛生妈妈的气》（Llama Llama Mad at Mama，Anna Dewdney）

关于有特殊权利儿童的建议

为了让课程适用于所有早期学习者，以下建议可供参考。
- 教师在演示故事创作时，可以提供同样的材料让儿童表演。例如，教师如果用人物玩具演示故事中的人物在水坑里跳跃，就要给儿童同样的材料，让他们展示跳跃的动作。
- 在焦点课程中加入手语动作。在演示游戏时用手语表示动作。在教学环境中提供手语图片，并让儿童重复手语动作。
- 在儿童游戏和创作故事之前为他们提供一系列图片。例如，你可能提供海滩、池塘或公园的图片，然后问他们："今天，哪种材料让你有了创作故事的想法？"给儿童充足的时间指出，并让他们寻找与故事创作灵感相匹配的材料。
- 描述儿童的游戏，将其讲成一个故事。在创客谈话时间，让儿童通过讲述自己所做的事情分享一个故事。之后，停下来，让儿童把刚才你描述的动作表演出来。

---

[1] 该书的中文简体版由北京师范大学出版社于2017年出版。——译者注
[2] 该书的中文简体版由二十一世纪出版社于2012年出版。——译者注

在第一单元的第一阶段可以期待什么

在第一阶段，即故事创作单元的"探索"阶段，教师为儿童介绍新材料以激发他们的游戏和创作灵感。这也是我们这段时间的目标，也就是为儿童提供经验，让他们生成新的创作灵感，学习新的词汇。从实践中，我们能够预期儿童在最初的实施过程中会有哪些行为。以下内容是对第一阶段中教育工作者的作用和儿童行为的回顾。

聚焦与探索的目标：

- 介绍故事创作的各个环节；
- 介绍各种与故事创作有关的材料（如用于建构、雕塑、娃娃家／角色表演、艺术活动、拼贴、编织的材料）；
- 如何构思故事（如使用杂志、照片、文件夹、范文）。

教师在第一阶段的作用：

- 为游戏准备材料，设立新目标；
- 使用各种材料分享自己生活中的故事；
- 全天创设故事创作文化；
- 询问儿童的故事创作想法并帮助他们思考故事创作的材料，适应故事创作的目的；
- 在儿童游戏和创作故事时，描述他们的游戏以演示如何分享故事；
- 要意识到，当儿童用材料分享故事时，他们就可以进入故事创作的第二阶段。

在游戏与创作过程中，教师可能观察到的儿童行为：

- 自由探索，对材料表现出好奇（如倾倒、堆放、填充）；
- 对游戏比想象故事更感兴趣；
- 在不同的故事想法中跳转；
- 在不同的区域或材料中转换；
- 快速地放弃一个故事主题去玩另一种材料。

结　　语

面对任何一种新任务时，我们都很难知道从何入手。希望你通过阅读本章，不仅能理解通过游戏教儿童创作故事的重要意义，而且在自己的执教道路上有许多"锦囊妙计"。这些课程是为了提供支持而设置的，但我们绝不希望给人留下这样的印象：它们是唯一的"正确"方式。在创客精神的鼓舞下，我们鼓励你创新，并根据我们提供的课程创作自己的版本。我们已经迫不及待地期待像你这样的教育者与儿童一起游戏、创作和分享更好的故事创作体验！

创 客 时 间

雷切尔是幼儿园自闭症班级的一名教师，她此时正在了解两个儿童的故事创作情况，并提及他们之前读过的那本书，她说："我们曾读一本关于小女孩淋雨的书，它启发我们可以创作一个故事。"然后，她让埃德蒙多向麦迪逊展示他是如何使用原来的拼贴材料想象下雨的场景，于是埃德蒙多把闪闪发光的珠子撒在方形毛毡上。

雷切尔老师惊叫道:"哇,看起来真像下雨,不是吗?你可以使用这些材料创作故事吗?"埃德蒙多从众多人物玩具中选择了一个小男孩,然后让他走过蓝色的方形毛毡。他开始讲述他的行为,捡起蓝色的珠子,把它们撒在小男孩的头上代表下雨。雷切尔老师开心地说:"埃德蒙多,你刚刚创作了一个故事!"雷切尔老师请他再做一次,下面是埃德蒙多的故事。

埃德蒙多正在用他选择表征雨的材料演示故事

"他正在慢慢地走(把珠子撒在男孩的头上表示雨落在他身上),雨点落在他的头上。他变得湿漉漉的!"

第 5 章

如何在故事创作中成长

故事再创作课程

几个星期以来，儿童为了更好地想象故事的情节，一直在安杰拉老师的教室里探索材料。9月下旬，我和安杰拉老师认为是进入第二阶段的时候，因为我们看到儿童已经在选择材料创作故事了。现在，儿童已经明白了游戏的新目的，并认识到材料有助于他们想象故事。因此，在焦点课程上，我们教儿童如何获得故事灵感，重新使用材料，改进故事的每一个部分，使其成为他们认为可以分享的最佳版本。你将在本章后面看到这一课程的一个例子。在儿童选择新的创客空间之前，我们给他们每人一张用积木、橡皮泥、蜡笔或其他材料所创作的故事的图片。在大约45分钟的游戏和重新创作后，一些儿童想要分享。下面是那天"分享"的声音。

安杰拉老师：今天我们教大家复述的技巧。复述就是用不同的材料把同一个故事重新讲述一遍。我和奥德丽一起工作，将她视为一个很优秀的故事创作者，今天，她用艺术材料创作了一个故事（安杰拉老师拿起用蜡笔和马克笔创作的作品的图片向全班展示）。我们听一听奥德丽用艺术材料讲述她的故事，之后她去了积木区，找了一些形状积木片，又讲述了一遍她的故事。这次她改编了自己的故事，所以我们听她讲了两遍。她先用艺术材料分享故事，然后向我们展示她如何用积木重新创作故事。

奥德丽：很久以前，我和我的狗跳进了水里，之后进入了房子里，接下来回到了水里，之后再次回到水里，然后就睡啊睡。结束了！

安杰拉老师：你们听到她的故事的开头了吗？

全班：是的！

安杰拉老师：奥德丽使用了"很久以前"这样的说法，我们可能要把它加到我们的锚图上！这是她用艺术材料创作的故事，现在我们再听听她用积木创作的故事。

奥德丽：很久以前，我和我的狗看到了一幢大楼，并跳进了水池，然后看到了彩虹，非常好看。之后，我们回到了房子里，又回到了水里。接下来，我们就睡啊睡，睡啊睡。结束。

安杰拉老师：哇！所以你们可以看到，她添加了积木后就能给我们讲更多的故事情节。她讲了一幢大楼和一个水池，虽然补充了这些细节，但故事还是一样的，因为她的狗同样跳进了水里。之后，你的故事里发生了什么？

奥德丽：他们走进房子去睡觉了。

安杰拉老师：没错！你想要热烈的掌声还是像过山车一样的欢呼？

奥德丽：像过山车一样的欢呼！

孩子们开始不停地向上挥动他们的手，代表过山车，然后用手做了三个波浪呼喊着"哇，哇，哇"来庆祝奥德丽用今天选择的新材料重新创作了故事。

安杰拉老师帮助奥德丽用不同的材料分享她的原创和改编的故事

故事创作对早期学习者来说是一个巨大的里程碑，因为对这个年龄阶段的儿童来说，他们一开始很难记住自己所创作的故事，并且很难在同一时间或第二天持续地专注于重新创作一个故事。在这一年里，我们会更加期待儿童回到故事创作环中的"创作"这一部分。我们的第一个目标是让儿童在游戏中创作故事，然后在教师的指导下，在同一天选择另一种材料重新创作故事。下一个目标是让儿童可以在接下来的一天继续创作。最后，在参与了一段时间的故事创作之后，儿童便形成了耐力，每天可以在创客空间花费35~45分钟独立游戏和想象故事。我们将指导他们从众多故事中选择一个，然后用新的材料进行改编，这是早期的模仿写作过

> •来自故事现场的声音•
>
> "最让我兴奋的是听儿童创作的故事！我迫不及待地想听他们的故事。我也为儿童变得富有创造力而感到非常兴奋。故事创作可以让他们发挥想象力，拓展惊人的词汇量。所有儿童也都将在探索、调查和分享的过程中扩展自己的知识。"
>
> ——斯莱威亚，一位幼儿园教师

程。不过，我们只有通过拍照、录像、抄写等方式为儿童提供了必要的资料，他们才能记住自己的故事，从而实现以上效果。我们将在第 7 章详细讨论评价工具和记录。儿童将在故事创作文件夹中查看自己的记录，并通过设定一个目标表达自己的再创作意图，即他们想要重新创作什么故事，以及他们为达成目标而选择的材料和工具。

通过修改和使用故事范文发展技能

在第二阶段，即"调查"阶段，我们开始平衡培养儿童故事创作能力与讲述或写作能力之间的指导。儿童会在第二阶段修改和调整他们在第一阶段探索和调整的材料。故事创作的材料和工具逐渐成为儿童从想法中创作意义的基础。美国旧金山改进工作室（Tinkering Studio）的研究人员（Wilkinson, Anzivino, & Petrich, 2016）注意到，讲故事可以成为改编故事过程中的推动力量。当儿童与材料密切接触时，故事就会产生。人们喜欢讲述生活中重要的事情，材料为人们的表达提供了一种强有力的语言。通过参考第 2 章的内容可以了解到，选择一种新材料或工具帮助儿童发挥创造力和想象力继续完成他们的故事，将重新吸引和激励他们进行故事创作。

另一个推动故事创作过程的有力方法是在焦点课程上使用故事范文。"当我们帮助年幼的写作者学习如何做他们自己可能还无法做到的事情时，故事范文就是我们可以一遍又一遍重温的文学作品"（Dorfman & Cappelli, 2007, 2—3）。当使用故事范文时，儿童必须首先作为读者了解故事。通过这种方式，我们就可以让儿童专注于情节和接下来要发生的事情，以及我们想要模仿或借鉴的作品。故事范文可以帮助故事创作者成为故事讲述者,最终成为写作者。你将在本章看到一个例子,表明我们如何通过使用故事范文教儿童一些开始故事的语言来帮助他们分享故事。除此以外,故事范文中充满丰富的创作技巧,可以向儿童展示如何让故事变得更好,例如,如何开始和结束故事,如何通过描述或绘制角色做了什么(动作)和说了什么(对话)来丰富细节,以及如何塑造人物个性和创设故事场景。

学习单词不是我们使用故事范文的唯一途径,插图在培养故事创作者方面也同样重要。凯蒂·伍德·雷(2010)解释说,儿童不会画画是因为他们还不知道如何写字:他们画画,是因为他们知道画画可以表达文字的意义,就像绘本作者和插画家一样。故事范文可以作为儿童阅读角的一部分,在焦点课程上使用,也可以让儿童在故事创作过程中浏览和阅读。

培养儿童创作、讲故事、艺术和写作的技能

在第二阶段,我们的目标是引导儿童将日常材料运用于新的目的,或者如沃德里普和布拉姆斯所说,"修改和重新调整"。我们希望儿童重试自己已经创作的故事,思考如何把它做得更好,就像作家修改作品一样。然而,在这一点上,我们发现不同年龄的儿童,其需求有所不同。因为故事创作有助于培养儿童的创作、讲故事、艺术,甚至是写作的技能,所以教师需要选择最能满足儿童需求的焦点。例如,一组儿童擅长运用开放性材料创作故事,但他们的插图很难令人理解。教师可以计划一节焦点课程,讲授如何绘制形状来代表人物,或者用较小的笔刷来演示如何添加细节,以发展故事创作者的艺术能力。另一组儿童可能需要研究如何使用故事范文创作故事,以发展写

作技能。我们将提供焦点课程（包括演示和探究），帮助儿童使用创作和写作策略不断地改进故事。

以下是帮助儿童掌握相关技能的课程目标。

- 创作技能。调整或重新利用材料以更好地表现故事中的元素。例如，一个儿童在故事中用一枚纽扣表征太阳，但是现在他想用绳子和羽毛表征太阳升起，以表示这是一个阳光灿烂的日子。
- 创作/写作技能。儿童通过清晰地阐明如何使用材料增加、修改或删除作品的某些部分来表达自己的意图。例如，"我要用胶枪和泡沫塑料建造房子""我要用拼贴材料重新创作小兔子的故事"。
- 创作/艺术技能。寻找资源（书籍/图片），将故事做成插图，比如在图片或面部表情上添加细节以表达角色的感受。
- 写作技能。寻找资源（书），想象开始故事的新方式，比如从天气、一天中的某个时间，或者人物说的或做的第一件事开始。

让学习者接触新的材料或创客空间

当教师和儿童一起完成了一次故事创作过程时，他们可能对所在区域或使用的材料缺乏兴趣。就像学步儿对家里的玩具感到厌烦，父母不得不更换玩具一样，教师需要通过引进新材料来重新调动儿童的积极性。你可以保留大部分相同的材料，但是要重新组织或者以新的方式呈现它们。例如，第一个单元的学习大约持续9周，我们有一个拼贴区，里面大部分是来自大自然的开放性材料（橡子、苔藓、木片、宝石、贝壳）。接下来的9周，我们将关注故事中的色彩和情感，并添加新的材料，如绒球、玻璃珠子、毛根和羽毛，根据颜色将它们放置在不同的盒子中，从而为这个区域增加新的趣味。

你如果选择全年都向儿童介绍艺术材料，那么可以看一看安·佩洛的《艺术语言：早期教育中的探究实践》（2017）。她列举了一些在使用和技术上难度不断增加的材料，也提醒我们，儿童只有用所有感官充分探索新的艺术材料，他们才能使用这种艺术材料进行表征。例如，下文的第一个课程案例中，当向现有的创客空间加入新材料时，儿童会描述他们想使用这些材料做什么，然后才能完全重新创作故事。我们还发现，当儿童不知道故事或材料下一步该如何进行时，他们会返回到自己的"舒适区"——绘画。

"这可能是个桨，也可能是个帆"，阿马赖亚一边说，一边拿起并抚摸每一件材料，试图重新思考如何在故事中使用它们

用新材料重新创作故事

下面的案例将表明，我们如何把新材料引入现有的创客空间重新创作故事。这节课的目的是为儿童提供一个重新想象故事的机会，使他们通过使用新材料重新设计和创作另一个版本的故事。你可以在演示课上展示一些材料并演示如何使用它们创作故事，也可以在探究课上问儿童，用这些材料能够创作什么。答案没有对错之分。根据我们的经验，当你演示故事中的

某一个对象时，比如一艘船，这一周就要准备很多关于船的故事！这种方法没有问题，因为儿童在学会如何凭借自己的经验创作故事前，他们会模仿很多东西。不过，如果在创客空间引入新的工具（低温胶枪、绑带、螺丝刀），你就需要演示工具的使用方法，以便儿童能够正确、安全地使用它们，并集中精力在材料上，从而想象故事的新版本。

> **·来自故事现场的声音·**
>
> "最令人兴奋的是，给儿童自由探索材料和创造的机会。他们可以运用自己的想象力，用各种各样的材料创作故事，不受常规的束缚。故事创作让他们有机会扩大自己的口语词汇量，提高讲故事的能力，并尝试他们通常不会冒的风险。"
>
> ——塔拉，一位幼儿园教师

在演示性的锚图中，可以记录儿童在一段时间内所做的事情，并添加记录以增加创作的可能性

故事创作课程

预备区的新材料

目标：通过选择新材料，让儿童再次创作已有的故事。

材料

- 绑带、绳子、细枝、活页夹、橡皮筋、毛根
- 美术纸
- 剪刀
- 胶带
- 故事创作记录表
- 用于记录的照相机

聚焦与探索

导入："我们一直在探索，材料如何帮助我们想象和创作故事。有没有一种材料真正有助于我们在脑海中想象故事？"让儿童互相交流并反思自己的探索，或者邀请几个儿童分享。例如，一个儿童说，他认为娃娃家有助于他创作故事。我问他娃娃家里的哪些材料能够帮助他，他说是食物。我提示性地询问他，这让他想到了什么，他说购物车里装满了食物，我提醒他可以就此创作一个故事。"你们一直在使用有助于连接和创作的工具，比如胶带和橡皮筋。今天，我想向你们展示一种新工具——绑带。"

教学：介绍绑带并演示如何使用它连接物体，然后拿出一些新材料并且展示给儿童看（一般而言，预备区有硬纸板、绳子、树枝、衣夹、毛根、麻绳；娃娃家有尺子、手帕、水感瓶）。

"今天，我想向你们展示一些新材料并且让你们想一想，'这些材料怎么才能帮助我重新创作故事'。今天，大家是否

都能成为帮助我思考如何利用这些材料游戏和创作故事的研究者？"

首先，一次展示一个材料，让儿童重复这些材料的名称。接下来，展示每一种新材料，并让儿童进行研究。创建一个探究式的锚图，记下他们用每一种材料能想象到的和做的东西。

积极参与：接着，让儿童看一看他们所说的自己能用锚图上的事物做出来的所有事情。给每个儿童一张他们上次创作故事的照片。询问儿童："这些新材料是怎么帮助你重新创作故事的？"鼓励他们从故事中找出一个细节，并说明如何重新塑造物体、情节或人物。

想象

让儿童相互交流并计划今天想要重新创作什么以及采用哪些材料。回顾你的轶事笔记，并观察他们会继续创作什么故事。

游戏与创作

通过拍照和口述记录的方式记录儿童重新创作的故事。

分享

请一位使用了新材料的儿童做小组分享。

如何保持井然有序

当我们第一次接触故事创作并引导儿童重新创作故事时，我们很快就遇到了一个新问题：我们用这些照片和故事记录做什么？我们需要一种让儿童能够接触自己的作品的方法，这样他们就可以在游戏的时候参考它,从而做出有意义的决定。因此,我们从写作的世界获取了灵感并且为每一个儿童制作了一个故事创作文件夹。我们发现,在任何课程单元的教学中,都必须加入关于管理的焦点课程才能推进故事创作的进程。

双口袋文件夹是很好的故事创作文件夹。下面是一些关于创建故事创作文件夹和在文件夹中如何放置记录的建议。

封面:自由选择封面。你甚至可以让儿童用所有可能想到的故事想法来装饰自己的封面(如剪贴画或让他们能够想起故事的照片)。

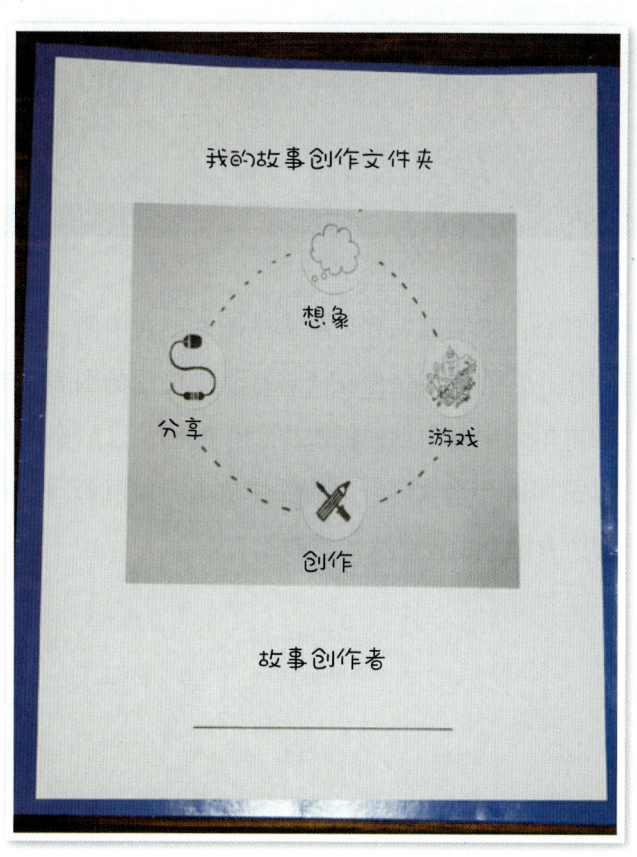

左内侧口袋：在口袋上画一个绿点或图标。儿童使用材料、插图的图片以及他们想要继续创作故事的书写纸都可以放在这个口袋里。

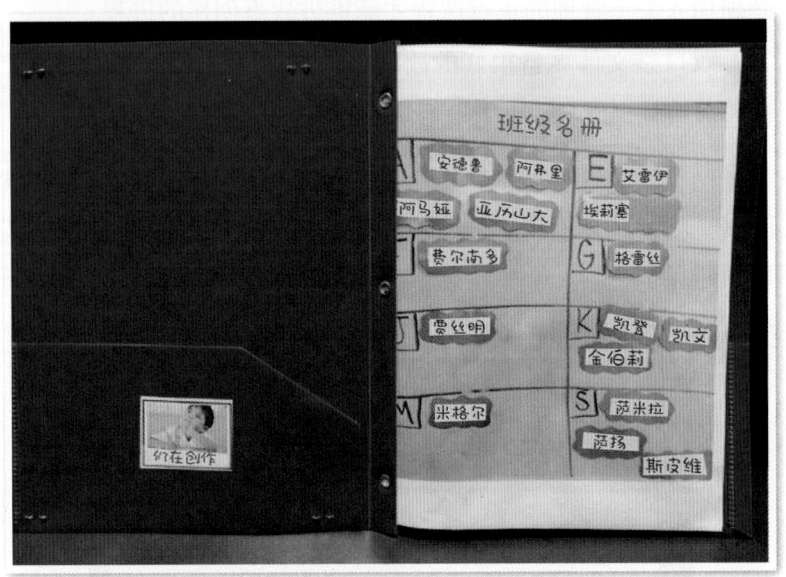

中间部分：将字母表和名称表的副本放在中间，以帮助儿童进行创作，它们应该是你在语音教学中使用的图表。到目前为止，在本单元学习中创建的故事创作时间表、故事创作想法锚图，以及如何开始故事、如何创作故事、如何公开发表故事等锚图的所有副本都可以放在里面。

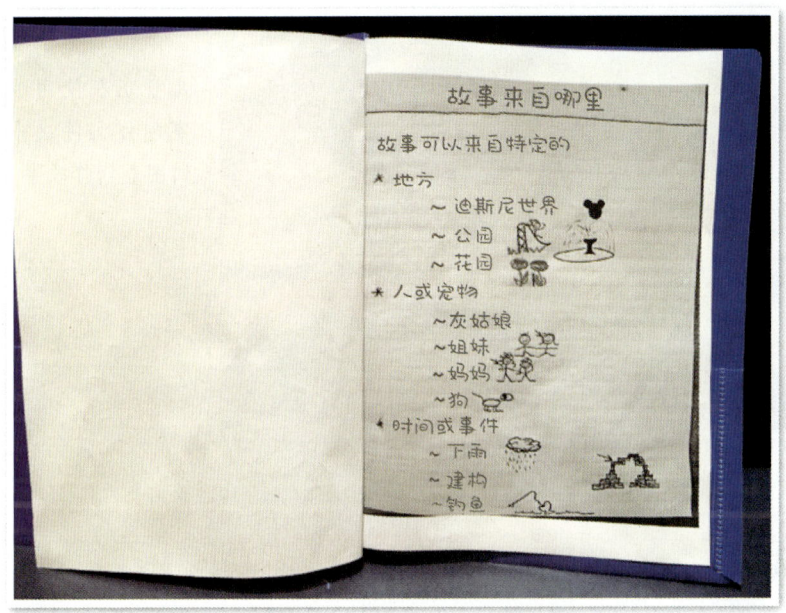

右内侧口袋：在口袋上画一个红点或图标。儿童使用材料、插图的图片，以及他们完成的故事的书写纸都可以放在这个口袋里。

儿童正在使用故事创作文件夹中的图表创作故事

·来自故事现场的声音·

是什么让你对故事创作感兴趣？

"它是开放式的，没有对错之分，可以让儿童每周都创作自己的故事。它可以帮助儿童组织自己的想法，更容易地过渡到书写故事。学习交流想法，将帮助他们在未来的学习环境中获得自信。"

——洛丽，一位幼儿园教师

故事创作课程

介绍故事创作文件夹

目标：儿童将学会使用故事创作文件夹整理自己的记录。

材料
- 儿童正在进行的工作的记录（来自创客空间的图片或实物）
- 儿童每人一个的双口袋文件夹
- 一个教师用自己的故事记录创建的故事创作文件夹

- 故事创作状态记录表

聚焦与探索

导入：反思儿童正在学习的东西，或者你想分享的内容。"小故事家们，我已经有了你们的照片和故事记录，但是有一个问题，我们要用它们做什么？你们中的一些人甚至在纸上写过或画过故事，但没有地方放它们。所以，我想向你们演示，如何使用故事创作文件夹记录故事。"

教学：展示文件夹并且告诉儿童，它为什么重要。"这是一个非常特殊的工具，我想让你们看看，我是如何使用它来整理我所有的文件的。"打开文件夹，让儿童看里面的口袋夹。里面的口袋有一个表示"仍在创作"的绿点或图标，并解释它的意思，即"继续"。后面口袋有一个表示"已完成"的图标，和一个表示"停止"的红点。"看一看我是如何整理我的故事的。"拿出几个记录的故事当作例子，以提示故事内容。"这是我在某个时间创作的故事（添加你的故事主题）。我写这篇故事已经有一段时间了。我不想再做了，你认为我应该把它放在文件夹里的什么地方？是放在带有绿色'仍在创作'标志代表我想继续的口袋里，还是放在后面的意味着我想停止创作的红色口袋里？"继续用你的一些不同记录演示这个过程，直到你认为儿童理解了使用文件夹的目的为止。不用担心解释图表的中心部分，你会在游戏和创作期间与儿童交谈时使用它们。

积极参与：让儿童自己整理文件夹和记录。观察他们如何整理文件，并询问他们如何使用自己的故事创作文件夹。

想象

使用故事创作状态记录表记录儿童的一日计划。让儿童通过指出故事创作文件夹中的记录，向你展示他们继续创作的故事。

游戏与创作

通过拍照和口述记录的方式记录儿童重新创作的故事，并帮助儿童整理记录。接下来的几周，在教室里放置迷你版锚图，方便儿童随时了解之前学习的内容。

分享

请已经创作故事的儿童展示，他们是如何整理记录的。

帮助儿童制订故事创作计划

我们可以从创客研究中了解到，儿童通过使用材料进行个性化项目或新的想象性创造来表达意图（Wardrip & Brahms，2015）。格维尔·塔利（Gever Tulley，2009）曾解释说，有时儿童从涂鸦和画草图开始制订真正的计划，或者只是开始建构。建构是他们经验的核心，就像创作是故事创作经验的核心一样。以下是一个可以指导儿童在游戏和创作前制订计划，以便表达他们当天的创作意图的课程。它与颜色和感觉单元有关，但你可以改变类别，以适应儿童的需求。

--- 故事创作课程 ---

在游戏前想象

目标：儿童在游戏之前会用锚图想象故事来表达意图。

材料

- "在游戏前想象"锚图

- 可供儿童选择的带标签的剪贴画
- 包括人物、情节以及相关材料的计划
- 故事创作记录表
- 用于记录的照相机

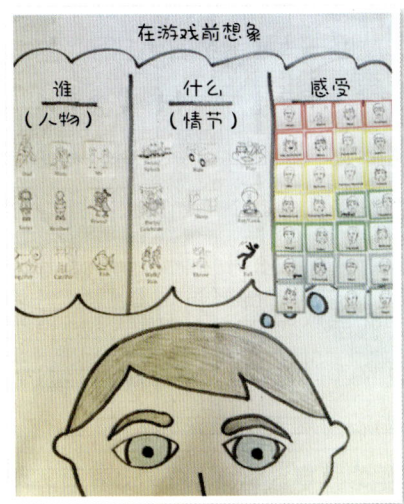
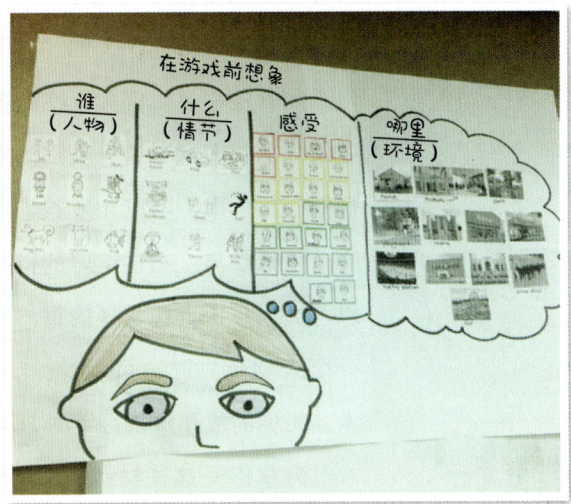

"在游戏前想象"锚图的全年变化

聚焦与探索

导入:"我们一直使用新的材料重新创作故事或者想象新的故事。然而,我注意到,当开始游戏的时候,我们有时会忘记自己在做什么,忘记了自己的故事。因此,今天我们要学习如何在游戏之前计划和想象故事。"

教学:向儿童展示锚图,并解释"人物"和"事件"等栏目,告诉他们可以根据自己的想象添加更多的想法。例如,你可以说:"这里有一个计划,我们可以在游戏之前使用。我们可以做的第一件事是选择一个角色,角色是我们故事中的人或动物。这里有一些好的想法,我想让你们思考一下'在我的故事里会有谁?'"浏览每一幅图片，让他们接触游戏中的词汇和每种选择。"我今天可以创作关于谁的故事？"听取儿童的想法，看看他们是否理解角色是什么，并且选择一个角色（如"我"）。然后，继续到锚图的下一列。"现在我必须在故事中加入一些情节。"展示图片和标签。"你认为我（或者这个角色）在故事里应该怎么做？"听取儿童的想法，并从中选择一个（如"滑倒"）。基于本单元的教学目标，你可以添加其他栏目。例如，在颜色和感觉单元增加一个感觉类别，儿童添加了"尴尬"这一类别。重述计划，询问儿童哪些材料有助于他们创作故事，听取儿童的想法并选择其中一个（如积木）。

积极参与：把挑选好的材料拿出来，放在儿童面前。一定要边思考边大声说出你触摸的每一种材料能做什么。当你从篮子里选择一个人物玩具时，可以说："这可以充当我。"当你堆叠蓝色的积木，为你的故事添加细节时，可以说："这可以充当水桌。"

分享你受这些材料启发而创作的故事。例如，"一天早上，我去班级并且想在水盆里玩一会儿。我和一些朋友玩啊，玩啊，水溅了出来，在地板上形成了一个水坑。到了清理时间，我在水坑旁走了一圈，脚下一滑，摔倒了。然后，我感到很尴尬。"

想象

询问儿童："小故事家们，你们是否明白，锚图如何帮助我创作故事？我希望你们想一想自己的故事里的人物以及他们要做什么。可以用锚图帮助你。"让儿童互相交流，分享自己的计划。四处走一走，记录儿童的计划，然后让儿童尽情游戏和创作。

游戏与创作

通过拍照和口述记录的方式记录儿童重新创作的之前的故事或创作的新故事。

分享

请一位完成了自己的计划的儿童与小组儿童分享。

教师提示：在全年中继续增加或替换锚图中的栏目，促进儿童的故事创作。

运用图书教授故事创作

在第二阶段，你需要给儿童提供一些策略，让他们能够用实物呈现故事，提高口头讲述故事的能力。我们注意到，有的儿童不知道如何开始故事，他们有时只是盯着教师，等着教师帮忙，或者直接解释他们创作了什么。例如，本章开篇提到的奥德丽就没有这个策略，她这样讲述故事："这是大楼，这是水池，这是我的狗。狗跑到水里，又跑到屋里，睡啊睡啊睡。"她一边指着自己的行为，一边说。我们需要教他们一些策略，促进他们的口语发展，形成讲故事的能力。你可以浏览教室里的书，在图书馆里找书，或者用有关儿童故事的应用程序，从而找到各种各样开始故事的方法。

--- **故事创作课程** ---

如何开始故事

目标：教师采用故事范文，让儿童了解如何开始故事，从而讲述故事。

材料

- 儿童正在进行的工作的记录（创客空间的图片或实物）
- 儿童都知道的一个你的故事
- 介绍各种开始故事的方法的故事范文
- 每本书第一页的副本
- "如何开始故事"锚图
- 故事创作记录表
- 用于记录的照相机

聚焦与探索

导入："我们一直努力用不同的材料重新创作故事。你们已经学会了如何重新创作一个故事和用不同的材料创作同一个故事。这一点非常重要，因为你们需要一遍又一遍地计划自己真正想要的故事细节。但有时候，小故事家们，当我用这些材料创作故事后，我在大声讲述时，我发现我有点僵住了，不知道如何开始。"

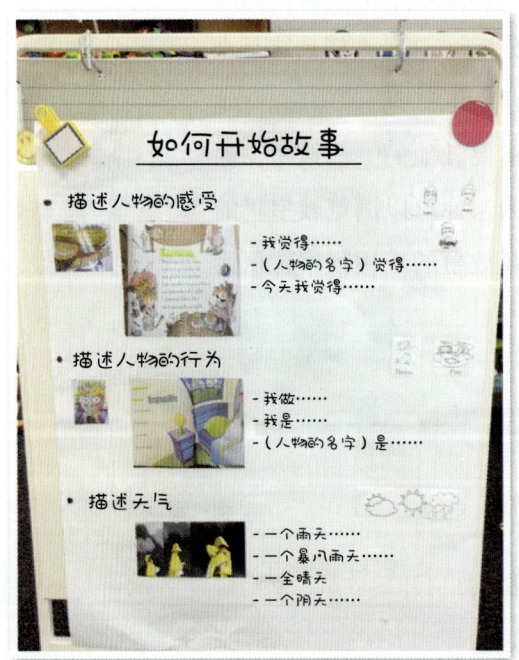

"如何开始故事"锚图

教学："所以今天，我想我们可以看一些我们最喜欢的书，这样我们就知道如何开始一个故事，让我们看看这本书。"阅读洛伊丝·埃勒特（Lois Ehlert）的《雨鱼》（*Rain Fish*）、卡拉琳·比纳（Carolyn Buehner）的《夜晚的雪人》（*Snowmen at Night*）的第一页，或者其他你选择的演示如何用天气开始一个故事的范文。"小故事家们！我可以通过描述当时的天气开始一个故事。让我用这个故事来试试吧。"向儿童展示你在之前的迷你课中收集的故事记录或图片。

在锚图中添加"从天气开始"（同时添加图片线索）。

选择：根据儿童注意力的持续时间决定是继续看另一本书还是等到第二天再看另一本书。"让我看看这位作者是如何写这本书的开头的。"读菲利丝·鲁特（Phyllis Root）的《嘎吱嘎吱！床在说话》(Creak! Said the Bed)、艾瑞·卡尔（Eric Carle）的《爱生气的瓢虫》(The Grouchy Ladybug)的第一页，或者你选择的能够展示如何用某一时刻开始一个故事的其他故事范文。"嗯，这是个好主意！我想我也可以从一天的某一时刻开始我的故事。让我试试。一个漆黑的夜晚……"继续用你自己的故事记录口述故事。

在锚图中添加"开始的时间"（同时添加图片线索）。

改天继续这节课，或者在今年晚些时候教儿童开始一个故事的新方法，并将其添加到锚图中。见本节课相关的建议和书单。

积极参与："让我们看看几天前（儿童的名字）创作了什么。你能告诉我们，这个故事是关于什么的吗？"让儿童指着图片或记录说明各个角色都是谁，他们在哪里、在做什么。

"小故事家们，你们能帮帮我吗？你们认为，我应该如何开始这个故事？我按照这本书的作者的方式，还是那本书的作者的方式？或者，你的头脑中有一个全新的想法吗？"让儿童和同伴互相讨论，并说一说为什么应该选择这样的方式开始故事，然后教儿童用其中一个开头来讲述故事。

"哇，小故事家们，我们的作家朋友们今天真的帮了我们大忙！现在的我们已经有了一些策略，当我们不知道如何开始故事，以及不知道怎么开始分享故事时，我们可以这样说（使用锚图中的例子）。如果你找到其他方法，请告诉我，我们可以将它们添加到锚图中。"

想象

让儿童相互讨论，并为今天他们要讲的故事以及要使用的材料制订计划。回顾你的轶事记录，跟进儿童的进展，看看他们将创作什么样的故事。

游戏与创作

用故事创作记录表收集图片和儿童口述的内容，记录儿童分享的故事。

分享

请一位已经运用了故事开头的儿童进行分享。

下面列出的各种故事开头和推荐的故事范文可用于规划课程。请添加标题，使课程单元的教学符合儿童的需求和兴趣。

从一天的某个时间段开始

- 《月之舞》（*Moondance*，Frank Asch）
- 《下雪天》[1]（*The Snowy Day*，Ezra Jack Keats）
- 《萤火虫》[2]（*Fireflies*，Julie Brinckloe）

从天气开始

- 《大暴雪》[3]（*Blizzard*，John Rocco）
- 《风吹起来》（*The Wind Blew*，Pat Hutchins）

---

[1] 该书的中文简体版由明天出版社于 2018 年出版。——译者注
[2] 该书的中文简体版由黑龙江美术出版社于 2018 年出版。——译者注
[3] 该书的中文简体版由浙江少年儿童出版社于 2019 年出版。——译者注

从描述一个地方开始

- 《这是我的！》[1]（*It's Mine*，Leo Lionni）
- 《贝尔熊打呼噜》[2]（*Bear Snores On*，Karma Wilson）
- 《晚安，月亮》[3]（*Goodnight Moon*，Margaret Wise Brown）

从一个声音开始

- 《午餐羽毛》（*Feathers for Lunch*，Lois Ehlert）
- 《跟着蓝色小卡车》[4]（*Little Blue Truck*，Alice Schertle）

从一段对话开始

- 《拉尔夫会讲故事啦》[5]（*R1alph Tells a Story*，Abby Hanlon）
- 《雨快下吧》（*Come On, Rain*，Karen Hesse）

用插图为故事添加细节

另一种使用书籍的方法是学习书中的插图。在这节课上，我们改编了凯蒂·伍德·雷的著作《字里图间：通过研究插图培养儿童游戏的写作能力》（*In Pictures and In Words: Teaching the Qualities of Good Writing Through Illustration Study*，2010）中的这节课，与儿童一起学习如何将自然中的细节添加到插图里，使内容生动起来。书中充满了精彩的课程，你可以用来研

---

[1] 该书的中文简体版由南海出版公司于 2010 年出版。——译者注
[2] 该书的中文简体版由中央编译出版社于 2010 年出版。——译者注
[3] 该书的中文简体版由北京联合出版公司于 2014 年出版。——译者注
[4] 该书的中文简体版由新星出版社于 2015 年出版。——译者注
[5] 该书的中文简体版由北京联合出版公司于 2016 年出版。——译者注

究插图，或者学习你最喜欢的书的插图，并在页面添加注释。

------------ **故事创作课程** ------------

学习故事中的插图

目标：儿童通过学习其他插画家的作品来为自己的插图添加细节。

材料

- 儿童正在进行的工作的记录（创客空间的图片或实物）
- 故事范文，如利兹·博伊德（Lizi Boyd）的《手电筒看见了什么》[1]（*Flashlight*）、埃米莉·休斯（Emily Hughes）的《小园丁》（*The Little Gardener*）、唐纳德·M. 西尔弗（Donald M. Silver）的《小方书》（*One Small Square*）系列，以及其他带有大自然插图的文本
- 便利贴
- 记号笔
- 故事创作记录表
- 用于记录的照相机

聚焦与探索

导入："我们已经从书架上的那些书的作者那里学习了很多让我们的故事变得更好的方法。但你知道还有人也参与了书的创作吗？就是创作书中插图或图片的作者，他们对故事的创作同样重要。今天我们将学习插图，看看如何才能使图片更清晰地呈现给

---

[1] 该书的中文简体版由接力出版社于 2015 年出版。——译者注

读者。"

教学：展示书中的一页，询问儿童："在这幅画中，你看到了大自然的哪些细节？"演示一些例子，并把这些细节写在便利贴上。

积极参与：请儿童说说他们看到的细节，并把他们的答案写在便利贴上，为插图做注解。

想象

提醒儿童查看自己的故事创作文件夹，决定今天是重新创作故事，还是想象一个新的故事。请几个儿童分享他们将要做什么，或者给他们时间和伙伴交谈。回顾你的轶事笔记，跟进儿童的进展，看看他们将会创作什么样的故事。

游戏与创作

你可能希望每个儿童都尝试这个新方法并创作一个插图，或者让他们选择用于游戏与创作的材料。可以通过收集儿童的插图以及口述的内容来记录他们创作的故事。

分享

请几个已经创作了插图的儿童进行分享。让儿童在自己的插图中找到大自然的细节，并留出赞扬的时间。

关于有特殊权利儿童的建议

我们发现，有时在儿童游戏之前，我们要花很长时间记录他们所有的计划。此外，有的儿童不能用口头语言交流彼此的计划。我们的一位教师，劳里·芬德伯克想出了一个主意，即把写有计划的纸插入故事创作文件夹的中心。她把每一页都放在一个保护膜里，儿童用可擦的记号笔快速制订计划。然后，她和助手在儿童游戏时观察儿童是否进行原有的计划，或谈论儿童为什么会为了一个新目的而改变原有的计划。

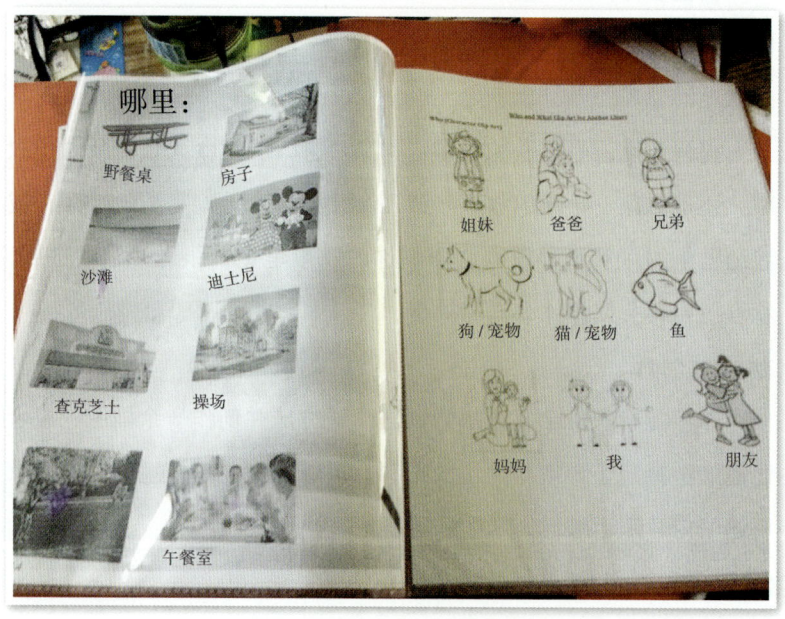

儿童可以在游戏前在自己的故事创作文件夹中圈出一个计划

在自闭症班级中，我们需要一种便于儿童制订计划的更好方式，这样所有儿童都能参与故事创作。另一位教师，雷切尔·斯皮维用 Boardmaker[1] 制作故事板，让儿童计划自己的故事，然后他们可以利用这些界面在教室里寻找和摆弄材料，这可以让所有儿童都获得故事创作的经验，并为他们的故事选择角色、情节和感受。

---

[1] 一种视觉提示软件，包含许多用于沟通的符号、图片和模板。——译者注

儿童选择人物、情节、场景和感受的图片，并把它们放在故事板的每一页上；然后，教师帮助儿童在教室里找到相匹配的材料进行游戏并创作故事

在第一单元的第二阶段可以期待什么

在故事创作的第一单元的第二阶段，即"调查"阶段，让儿童重新创作故事并重试材料。这一阶段的目的是让儿童再次利用他们曾用过的材料，在故事中增加或改变细节，从而尝试创作不同版本的故事（改编）。以下内容强调了教师在实践中的作用以及期待观察到的儿童行为。

聚焦与探索的目标：
- 演示如何通过调整材料重新创作故事或使用不同的材料创作相同的故事；
- 如何通过使用不同的材料添加更多细节来改编故事；

- 使用故事范文学习"如何开始故事";
- 通过演示如何在文件夹的口袋中放故事记录向儿童介绍写作文件夹。

教师在第一阶段的作用:
- 使用记录工具和轶事记录来记录儿童的故事;
- 观察和记录儿童的故事以及他们使用材料的频率;
- 收集用于记录的图片。

在游戏与创作过程中,教师可能观察到的儿童行为:
- 改编故事且可以快速改编,并在短时间内分享简短的故事;
- 重新创作故事,通过使用不同的材料修改故事,从而可能分享一个全新的故事;
- 由于记录的更新,儿童会急于拍摄和获得有关故事的图片;
- 每天都查看故事创作的图片,以反复回顾自己的故事;
- 非常兴奋且热情地分享和展示自己创作的故事。

结　　语

本章的核心是向教师展示如何规划第二阶段的教学活动,并通过一个具体的故事引导儿童进入更深层次的研究。儿童将学习使用不同的材料尝试创作同一个故事的不同版本,他们也会通过不断努力使自己成为优秀的故事创作者,进而掌握创作、讲故事、艺术或写作的技能。故事范文是促进故事创作者进步的强大工具。在这一阶段,我们希望儿童通过再次利用与调整材料，改进自己的故事，从而创作最好的故事版本。当他们对自己的作品感到自豪时，我们将鼓励他们以各种各样的方式与全世界分享自己的作品和故事。

创 客 时 间

洛丽老师向儿童介绍插画学习，他们用一本最受欢迎的书来学习如何在故事中加入大自然的细节。下面是她为鲍登的故事所做的口述记录。

鲍登讲述了他的故事的第一个版本

"很久以前，那是一个阳光明媚的日子，维托在他的洞里。天开始变黑了。他向洞外看了看，看到了乌云，接着开始下雨了，于是他就回到了洞里。"

第二天,儿童用不同的材料重新创作故事。鲍登选择用乐高积木重新创作故事。这是教师为他做的口述记录:

"很久从前,维托住在一个洞里。他所有的朋友都来了。维托在洞穴的后面,外面下雨了。接着,蚂蚁出来了。洞的底部有岩石。一个白人手里拿着白色的东西正在杀蚂蚁,蚂蚁躲到地下去了。然后,所有的朋友都进了山洞。但有一只蚂蚁还站在那里。白人出来喷这只蚂蚁,它受伤了。其他的蚂蚁都躲进了地下。结束。"

鲍登用乐高积木添加细节重新创作故事

第 6 章

促进儿童交流与学习的方式

故事交流的程序

凯蒂老师班里的儿童学习了几个月的故事创作和改编。他们已经形成了故事创作文化,渴望每天都分享故事。在她的班级中,创客谈话时间已经变成一种惯例,儿童喜欢在创作故事后聚集在地毯上,不只是解释和讨论故事的情节,而且还用材料展示自己创作的故事。现在我们来观察一个学习案例,发现可能适合你所教儿童的分享方式。

凯蒂老师:梅森,今天你在什么区域开始故事创作?

梅森:玩水区。

凯蒂老师:玩水区!你在玩水区使用材料了吗?

梅森点头并咧嘴笑。

凯蒂老师:等等,我应该去拿些材料(凯蒂老师拿回了梅森使用的材料并展示给大家看)。梅森刚刚在玩水区游戏,他发现了三件物品。你发现了哪三件物品呢?

梅森:水、一个家伙和一个热水浴缸(梅森指着量杯旁边的物品给大家看)。

凯蒂老师:一个热水浴缸!他在玩水区发现了一个热水

浴缸！那么，这个家伙在热水浴缸里做什么呢？

梅森：他把点心放进去了。

凯蒂老师：还有其他的吗？他感觉怎么样？

梅森：他在放了点心后就变得无聊起来。

凯蒂老师：他是紧张还是放松呢？

梅森：紧张。

凯蒂老师：为什么他在热水浴缸里会紧张？

梅森：因为他发出嘘声（梅森举起了他创作的故事插图，并指着故事中的细节）。

凯蒂老师：发生了什么？

梅森：嘘声响起来了。

凯蒂老师：明天你打算如何继续创作你的故事呢？他将感觉怎样？

梅森：伤心。

凯蒂老师：为什么明天他会伤心？

梅森：因为我将会在里面放些鳄鱼。

凯蒂老师：所以，你似乎想继续创作这个故事。你可以向大家展示一下，你将把它放在故事创作文件夹的哪个部分吗？

梅森：在这！（他将插图放到了故事创作文件夹标有"仍在创作"的口袋里，凯蒂老师将在他明天创作的故事里添加他今天创作的图片）

凯蒂老师：太好了，明天你可以继续创作你的故事，也许你可以把它写到纸上，因为你已经用两种不同的材料完成创作了。

在创客谈话时间，凯蒂老师支持梅森与大家分享他的故事

就儿童分享故事而言，我们有多种选择。分享不总是以一种口头或书写的形式进行。我们将在本章描述儿童分享故事的不同方式，也会探索第三阶段，即"交流"阶段的意义，儿童在这一阶段有多种分享故事的方式，同时也会拓宽我们对于"发表"一词的理解。

通过谈论、写作和发表分享故事

我们分享故事的一种方式是口头讲述。口语是幼儿在早期就开始发展的交流方式之一。儿童的持续发展表明，他们能够掌握谈话以及词汇的使用，可以通过使用聆听和理解策略进行适宜的社会互动，参与更多的讨论，同时也可以在头脑中思考口头表述的内容（如问问题、做预测、谈论他们所知道的一切、分享故事结构的知识、描述故事中的人物及地点）（Honig，2007；Pinnell & Fountas，2011）。故事创作为儿童在所有持续的学习领域中发展口语能力提供了一种支持性的框架。对于早期教育班级中所呈现的多样化需求和文化（2007，602），霍尼格（Honig）的回应是"鼓励儿童讲故事尤为迫切"。在故事创作中，讲故事已经成为儿童日常生活的一部分，在这个过程中，很多思维倾向以及创作实践都能得以训练。有些人认为，讲故事是写作的一种预演，但我们相信它远不止于此。要想成功地建构儿童的生活故事，想象、游戏、创作和分享所需要的思维倾向都是故事创作过程所必需的。

讲故事是通往写作的桥梁。在探究过程的第三阶段，我们会演示如何将故事写在纸上，让儿童有机会选择故事进行写作。雷恩维尔和戈德（Rainville & Gordh，2016，79）认为，"讲故事的儿童就已经是写作者了"，如果教师能够分享儿童的故事，并且鼓励儿童记录自己的故事，他们就创建了一个写作者共同体，儿童可以自行选择绘画和写作的方式分享故事，在纸上"发表"。重要的是，写作在儿童所处的学习环境中是一个分享故事的机会，而不是一个任务。

演示写作过程和分享写作内容，可以教儿童如何将故事写到纸上，这对儿童来说是一种具有发展适宜性的方式，有助于他们学习有关印刷的概念。克莱（Clay，2000）解释说，当儿童参与真正的读写活动时，他们就能学到有关印刷的概念，比如印刷的单词是如何讲述故事的。故事创作为儿童提供了一个完美的"秘诀"，通过利用创作的各类图片、标记和近似字母的形式交流他们的信息，体验各种活动和探索。卡尔金斯（1994）提醒我们，虽然成人将写作与艺术、歌唱和游戏分开，将其视为在横格纸上的练习，但是儿童将写作看作用记号笔与钢笔进行的一场探索。通过将这些具有发展适宜性的写作机会融入故事创作的过程，正如雷恩维尔和戈德所说，儿童在纸上所做的标记，无论是涂鸦还是绘画，都是有意义的，同时也在传达某种信息，儿童便从中获得了学习。

发表和分享故事的方式并非只有口头讲述和书写。儿童将故事公之于众的方式有很多。印刷和对话只是其中的两种，那么涂色、音乐、戏剧、雕塑甚至是数字化讲故事又是怎样的呢？交流的方式是无穷无尽的。瑞吉欧·艾米利亚的创始者马拉古奇总结说："我不想把符号语言限定于阅读、写作和数字，符号也可以被音乐家、故事讲述者和其他人使用。"

在创客谈话时间分享故事

为了培养儿童的口语能力，我们用创客谈话时间结束故事创作活动的分享部分。故事创作环的拓展是受到我们之前的教师的启发，他们曾在课堂上实施项目式的单元教学。例如，当我们在学习一个关于自然的单元时，我们会举行一个有关科学的演讲时间，让儿童分享他们有关科学概念的经验和思考。儿童将有机会倾听他人的观点，并将自己已知的内容与正在学习的知识相联系。查卢福和沃思（2003）在他们的《幼儿科学家》（*Young Scientist*）丛书中解释说，教育者的作用是运用儿童的记录和表现作为开启对话的跳板。我们发现，这在故事创作中也是有效的。我们不是让儿童分享他们对科学概念的思考，比如他们在大自然中看到了什么生物，而是鼓励他们不仅讲自己的故事，还要解

亚历克斯在创客谈话时间分享他的故事

释他们是如何创作的，是什么启发了他们，并寻找更多的资源使他们的故事更丰富。为开展有效的创客谈话时间，以下建议可供参考。

- 在教室里安排一个特别的位置或座椅，让儿童觉得在这里分享故事会感到荣耀和快乐。
- 选择一个当天在焦点课程上做分享的儿童来巩固和加强你的教学要点（如让儿童基于故事范文的启发，尝试以新的方式开始故事，使用新的材料创作故事）。
- 让儿童带来材料进行表演，同时分享自己是如何创作故事的。
- 让儿童使用教师为他们的故事创作拍摄的照片，这样他们就可以分享故事的每一个部分。
- 给予语言上的支持，比如，"这是你创作故事的照片。你可以给我们讲一讲你创作的这个故事吗？你可以指出故事中的这些部分吗？你可以将故事中的情节表演出来吗？"
- 随着儿童的耐力和专注能力的提高，故事演讲时间从5分钟开始，之后逐渐延长。
- 通过询问儿童"你是怎么想的"来邀请儿童参与讨论。
- 在故事创作流程结束后，设立一个签名板，进而鼓励儿童自主决定何时公开发表自己的故事想法。

让儿童对彼此的故事做出回应

教儿童如何对彼此的作品进行回应，以及协助他们如何在讲故事环节相互支持，这些都很重要。很自然的第一步也许是教儿童赞美他人，但卡尔金斯（1994）建议用另一种方式代替赞美。她描述了一个亲眼看见的场景，一个小女孩正在看两个男孩在饮水机边游戏，她跑向自己的写作文件夹，拿出了一份写作作品并且提醒男孩们说："不要在饮水机旁边打闹！"教师营造了一种氛围，在这样的氛围下，儿童明白自己的言语是有意义的。我们想让儿童知道，他们的写作是有力量的。因此，卡尔金斯建议，应该引导儿童首先就彼此的写作提出问题，而不是给予赞美。"当老师问'你打算怎么分享你的故事'时，这种提问要比任何大量的赞美都好得多，而且能让儿童看到写作的益处……当我们尊重儿童的早期写作时，我们就能在教室里创造一种欣赏的氛围"（70）。不管儿童是分享写作作品、口头故事，还是用材料表现自己创作的故事，我们都建议这么做。儿童可以在创客谈话时间以及在创客空间中创作故事期间通过提问，学习如何支持彼此的创作。

1. 通过向儿童演示，即指着作品并询问"你的故事里有什么""发生了什么""你打算怎么处理你的故事"来教儿童怎样问问题。
2. 之后，通过询问"你最喜欢哪个部分"教儿童如何称赞他人。再教给儿童一种语言结构来回答（"我喜欢的部分是……"）。
3. 最后，演示如何提供建议（"我认为你应该……"），然后故事创作者可以学习如何回应（"我会考虑一下""不了，谢谢你"，或者"这是一个不错的想法，谢谢你"）。

当你正观察并记录儿童的故事时，尝试发现需要指导的一小组或一对儿童，建议儿童通过问问题来帮助同伴创作故事。

接下来是两个儿童之间的支持性对话,即在我提出要求后,其中一个儿童就同伴正在创作的故事向朋友提出了问题。

萨雷:我有个问题想问你。这是谁?(萨雷指着朋友的拼贴画中的一部分)

玛丽利斯:我的妈妈。

萨雷:她在做什么?

玛丽利斯:她正在雪中游戏,那还有一些爆米花。

萨雷:你是说那有些爆米花吗?(玛丽利斯点头表示同意)

萨雷:这是什么?(萨雷指着拼贴画的另一处细节)

玛丽利斯:这是她的脚。

萨雷(萨雷继续指着并询问每一个部分,然后问道):她看起来像什么?

玛丽利斯:一个人。

萨雷:我的意思是,她的身体或者穿着看起来怎么样?她最喜欢的颜色是什么?

玛丽利斯:彩虹的颜色。

萨雷:你的意思是整个彩虹吗?我最喜欢的颜色是红色。

玛丽利斯:我最喜欢的颜色也是红色。

在他们有点跑题后,米歇尔老师提出了一个建议。

米歇尔老师:我们可以问"你打算怎样开始你的故事",还记得我们学过的不同方法吗?

虽然玛丽利斯不记得自己学过的策略,但是她开始参与创客谈话时间,通过描述如何选择开放性材料当作她妈妈的眼睛来开始创作故事。她继续边指着所有材料边与萨雷谈论,并告诉萨雷她为什么会选择它们。

萨雷：这是个很棒的故事，玛丽利斯！

玛丽利斯：谢谢！

　　这两个朋友在结束谈话后，互相击掌并咧嘴大笑。萨雷不仅帮助玛丽利斯感受到创作的自信，同时也加深了玛丽利斯所做事情的强大意义。玛丽利斯已经准备好与大家分享她的故事！她转身朝向米歇尔老师，并用拼贴画向大家讲述她所创作的故事的细节。

　　教师建议：用视频记录这些对话并将其运用到之后的课程中。让儿童观看这些互动，并学习如何在故事创作和与朋友分享的过程中相互支持。

通过写作分享故事

　　首先，儿童学习在创客谈话时间如何成功地口头分享故事。他们都期待拥有聚光灯下的一刻，也为自己创作的每个故事深感自豪。接下来，我们就该思考"什么时候可以开始写作，对早期学习者应该抱有什么期望"。正如卡尔金斯警示我们的一样，我们并不想将写作从儿童的游戏和已有经验中独立出来，但我们确实看到儿童在艺术创客空间探索纸张、蜡笔、颜料、彩铅和其他材料时表现出来的兴奋。他们已经能通过口述分享故事了，现在我们想向儿童展示如何以一种快乐和可爱的方式在纸上记录故事。下面是一节焦点课程，向儿童介绍如何通过写作和使用新的纸张进行分享。

---------- **故事创作课程** ----------

将故事写在纸上

目标：儿童将运用自己的记录把故事写在纸上进行分享。

材料

- 写作区中各种各样的写作纸
- 写作工具，如铅笔和钢笔
- 你自己的故事，儿童曾经听说你游戏和创作过的故事
- 你用两种不同的材料创作故事时拍摄的照片或者视频
- 熟悉的字母表
- "如何成为故事创作者"锚图
- 儿童正在进行的工作的记录（创客空间的图片或实物）

聚焦与探索

导入："我们一直在整间教室里用不同的材料创作故事。你们已经学会怎样用材料进行想象，再创作已有的故事。通过一次又一次地回顾材料，添加细节，故事将变得更好，这是很重要的。"

教学："今天，我想向你们展示，作者是如何将故事写在纸上的。在我们用不同的材料尝试创作故事后，我们可以像真正的作者那样将它们写在纸上。让我给你们看一个例子。"

复述你给儿童讲过的一个故事，向儿童展示你用一种材料创作故事的一张照片，解释接下来你要做的事，例如，"然后我决定继续创作故事，所以我用 _____ 来改编它"。展示你用另一种材料分享故事的照片或者游戏视频。询问儿童："我是怎样改编故事的？"（如添加细节，使它变得更有趣，改变开头，改变背景，增添感受，或者是删掉一个角色。）

分享故事的两个不同版本，并说明你更喜欢故事的哪一个版本。"我认为，我喜欢我创作的这个版本，而且我想把它写在纸上。看着我，当我……"跟随《摆动你的战利品》（Shake Your Botty）的旋律，将接下来的步骤唱出来。

想，想，想。（用手指摸头）

碰，碰，碰。（用手触摸纸的中心）

画画和写作，画画和写作。（用手在纸的各个部分做出画画与写作的动作，或者用手势）

绘制一幅画来描述你的故事，并添加一些字母再现你的故事，用儿童熟悉的字母表写一个字母。

积极参与：带儿童回顾"如何成为故事创作者"锚图。在分享部分添加一个写作示例，解释写作是另一种与他人分享的方式。

想象

告诉儿童："现在看看锚图，然后想一想，你在故事创作环的哪一阶段。为你今天的创作制订一个计划。转身告诉伙伴，你今天打算创作什么。"分享几个儿童的计划，然后让儿童自由创作。回顾你的轶事记录，看一看儿童将继续创作什么样的故事。

游戏与创作

对计划将故事记录在纸上的小组儿童给予帮助。当儿童准备添加一些字母的发音时，帮助其勾画细节并指导他们使用字母表。

在锚图上添加记录以显示故事创作环中的分享环节

分享

请一个已经将故事记录在纸上的儿童和小组儿童一起参与创客谈话时间。

儿童何时准备好写故事

重要的是，所有作品都有其目的，不管是涂鸦还是常规的写作都可以传递信息（Hullinger-Sirken & Staley，2016）。因此，你可以在第一次故事创作环中演示在纸上如何写作。建议使用早期写作的连续发展过程，这样就能测评儿童的发展水平（绘画、涂鸦、类似字母的涂画、字母串、首音），然后演示下一阶段，帮助儿童尽早达成他们的写作目标。例如，当我开始给一组 4 岁儿童介绍如何在纸上写作时，我大声地讲述我的故事，将焦点集中在图片上。之后，我加了一些单词，但我只用一个字母表示单词，并演示发出首音。我尝试写自己的名字或者对我来讲比较重要的人的名字，因为写这些名字对年幼的儿童来说是一次有意义的写作经历。

我们同样注意到，比起他们的写作能力，儿童的口头讲故事能力发展更快。例如，儿童可能用一个故事的开头（如"在晴朗的一天"）熟练地开始故事，后面是一系列情节（如"我和朋友埃利塞奥到操场上玩，从秋千上掉了下来并摔伤了"），然后以一种感觉作为结尾（如"我觉得很疼"）。然而，对部分儿童来说，将故事的所有单词都写在纸上是不可能的。因此，当一个儿童开始写故事时，你可以问他："你想写故事的哪个部分？"然后，他可以选择一个部分，并放松且自信地将单词写在（我用于演示的）纸上，让故事的其余细节在他的插图、记录以及教师对他的口述所做的记录中活灵活现地呈现出来。

我们的目标是让儿童在12月底之前写出故事的一页内容或者一个开头。接下来，我们会在3月底之前支持儿童写两页故事内容，即开头和合乎逻辑的事件。最后，在学期末让儿童写三页内容，即故事的开头、中间与结尾。如前所述，儿童在纸上的书写应该与早期写作发展连续性过程相一致，教师应该通过全年的演示和分享写作经验来支持儿童完成故事创作的下一步。

学习的不同不仅在于儿童写在纸上的内容，也在于教师为他们提供的纸张。思考儿童将在教室里的哪个区域以及哪种纸上书写是非常重要的。我们建议，在学习环境中设立一个写作区，当儿童想在纸上分享故事时，可以自主使用纸张和其他写作材料。

当儿童准备把故事写在纸上时，他们就会去写作区

年初的写作样本

年中的写作样本

年末的写作样本

虽然卡尔金斯（2013）鼓励儿童在各种各样的纸上写作，但是他也建议在开始时只提供几个选择，根据儿童的写作能力提供不同的纸张。"你使用纸传达期望。你评价儿童可以做什么，并引导儿童在纸上写作，为其合理地提供挑战与支持……关键是，纸张要'走在'儿童的前面，这样就能推动他们写得更多，成长更多（42）。"最初，我们开始与儿童进行故事创作时会提供两种选择：一张带有一个图画框的纸，让儿童通过画图分享故事；一张既带有一个图画框，下面又有一条线的纸，便于儿童涂画字母或者字母串。随着儿童在早期写作阶段的进步，我们会在纸上添加更多条线，同时也会增加其书本的页数。

通过发表分享故事

有助于儿童故事发表的一种方式是，选择他们曾创作或写过的最喜欢的故事，将其制作成书进行分享。但对故事创作者来说，一本已出版的书是什么样的呢？在浏览儿童的故事创作文件夹时，我们和教师注意到，儿童已经参观过各种各样的创客空间，用不同的材料创作和再编故事。每一篇记录都是强有

已出版故事书的其中几页

力的,我们不想错过儿童将作品记录在纸上的过程,因为在创客运动里,这是一个非常重要的部分。为了向儿童辛勤的工作表示敬意,我们想制作包含他们所有记录与写作作品的图书。

我们开设焦点课程,让儿童学习一本他们熟知的书,同时找到能使他们的作品与众不同的方法。这是一个生成性课程,在制作需要出版的图书的不同部分时可以多次使用。

------------ **故事创作课程** ------------

如何发表

目标:儿童将通过学习故事范文的不同部分来选择发表方式。

材料
- "如何发表故事"锚图
- 教师在以前课程中演示写作故事的范例
- 美术纸
- 记号笔
- 便利贴
- 教师在另一节课使用过的带有防尘罩的故事范文

聚焦与探索

导入:"几天前,我们学习了另一种分享故事的方式,就是把故事写在纸上。你们中的许多人已经去过写作区,并使用纸来写作故事。现在,你们可以用自己写过的故事填满故事创作文件夹。在把故事写在纸上分享后,我们准备做一些非常令人兴奋的事情!你们准备好了吗?"

教学:"我们将学习如何发表故事,这是一张纸。"拿起你在之前课上已经写好的故事。"但发表意味着成书。"拿起一本儿童熟知的著名图书。"作者在发表故事时要做的一件事是加一个封面。"分别展示他们熟悉的书的封面。"我们要做的是包装故事！"把写有故事的纸张放在一张折叠好的白色美术纸里。"这是一个封面，故事在里面，封面在外面。"

将空白封面放在锚图的"第一步：包装故事"的旁边。"现在我的封面看起来和这位作者的封面很不一样，是吗？这位作者在封面上添了哪些我也可以添加的内容？"让儿童学习封面并回答。在便利贴上标注儿童的想法，并将它们（插图/图片、作者的名字、书名）添加在故事范文的封面上。"小故事家们，我还有一些封面工作要做。"将带有标注的封面放在锚图的空白处。

积极参与：再次演示包装故事，并问儿童："我应该在封面上添加什么？"演示添加图片、书名和作者的名字，并回顾里面已写好的页面，使它与故事的主题相匹配。设置好封面上的每个元素后，取下贴在故事范文封面上的便利贴，并将它放在你的封面上，

米歇尔老师和儿童一起学习封面

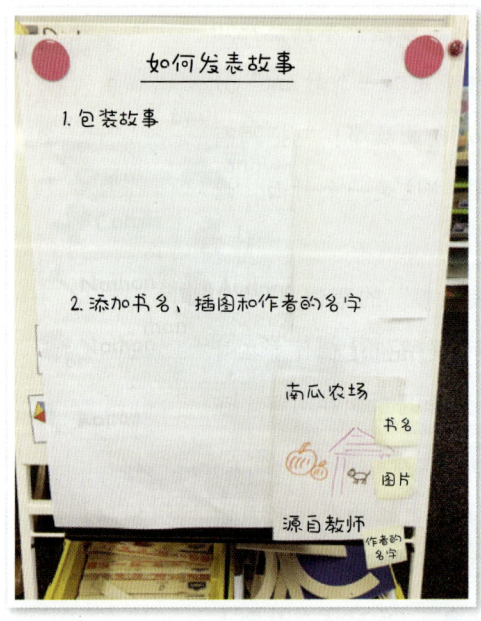

"如何发表故事"锚图

这样儿童就能看到他们接下来需要做什么了。

想象

回顾你的轶事记录，观察哪个儿童已准备好发表故事。让儿童从自己的故事创作文件夹中取出记录，到桌面上设计封面。

游戏与创作

帮助想将故事写在纸上的儿童。

分享

请一个已发表故事的儿童与小组儿童分享。让其他儿童通过参考锚图以及故事范文，解释为什么这是一个已发表的故事。

我们带领整个小组儿童用6~9周完成了探究的三个阶段，即探索、调查和交流后，每个儿童都有了一份以迷你书的形式发表的作品。儿童现在已经理解故事创作环。他们可以独立想象要使用的材料，还有少数儿童可以在选择材料之前想象故事。他们每天都独立游戏，创作故事。他们会在第二天或者几天后继续创作令自己兴奋的故事，另一些故事则一直没有完成。儿童可以选择把想法放在故事创作文件夹的"已完成"区，这样他们就可以放弃一些故事想法。通过参与故事创作环的各个部分，儿童在每一次的创作经历中都有获得学习的机会。

> **· 来自故事现场的声音 ·**
>
> "当我跌跌撞撞地经历这个过程时,我感到有点不知所措,特别是在努力倾听和记录每个儿童的故事,并帮他们把故事写下来时。我记得,一开始我就在想:'什么时候儿童才能写故事?''这不应该是重点吗?'现在我意识到,与故事创作提供的所有美妙的学习机会相比,将故事写下来可能是最不重要的部分。从头到尾回顾这些记录,我对儿童取得的成就感到惊讶。他们创作、分享、复述和阐释故事的能力都有了很大的发展。我认为,我最喜欢的是他们能够真正倾听并真诚地赞美同伴。这对他们来说是一个很好的机会,既能与同伴建立积极的关系,又能增强他们讲故事的信心。"
>
> ——佩姬,一位幼儿园教师

发表频率

当儿童理解了故事创作环,并且每天都在创作故事时,我们开始思考,"儿童应该多久发表一次呢?"我们认为,在第一单元带领儿童一起完成整个探究过程是很重要的,这样他们就能理解每个部分。在第一单元(6~9周),儿童只发表了一次故事。在学年的之后时间里,教师在接下来的几个单元中引导儿童多次完成探究过程。在下页的图中,你将看到我们是如何在第二单元到第四单元使用2~3周的迷你故事创作环多次引导儿童完成各个阶段的,这增加了儿童的发表量。例如,选择几个第一阶段的课程,然后在第二阶段的课程中重新创作故事和研究如何让故事变得更好,最后让儿童选择一种发表方式。接下来,再从第一阶段介绍新材料开始,循环往复。通过加快每个阶段的速度,在这一年,你将给儿童提供更多的机会来分享、写作和发表故事。

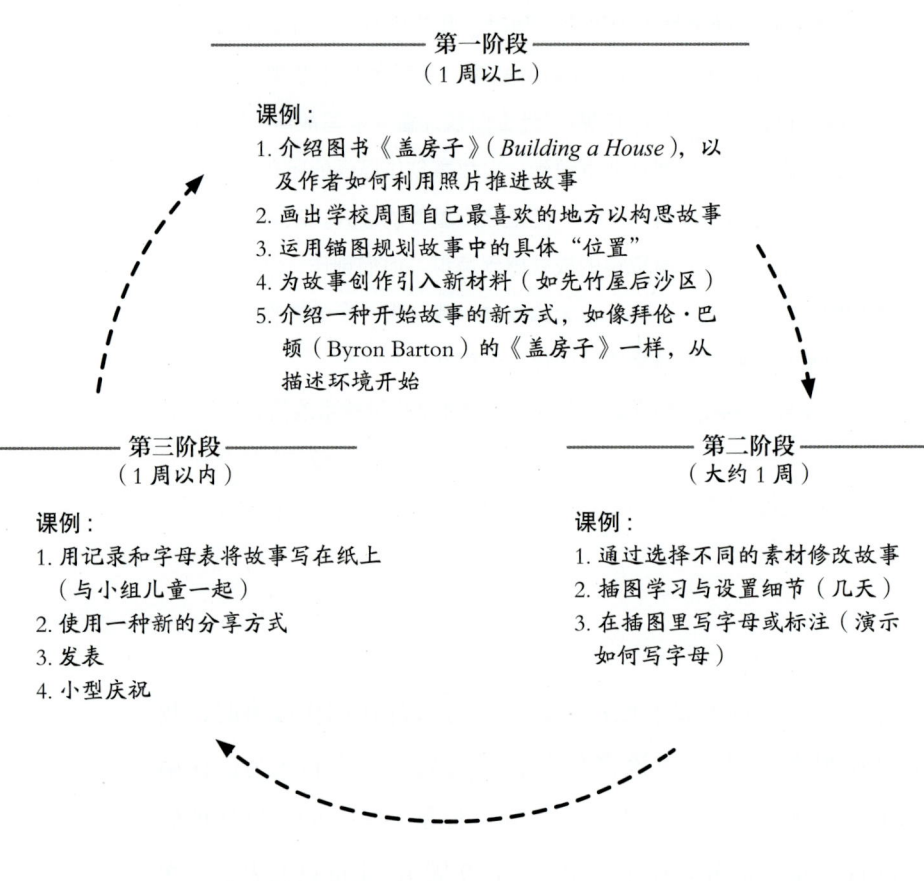

使用其他"语言"发表

写作或制作一本图书只是发表的一种方式。为了让所有儿童都能参与故事创作,我们必须拓宽自己对故事发表的理解,这包括口头讲述,以及我们希望鼓励儿童使用的"一百种语言"中的任何一种。儿童分享故事的方式应该是多样化的。下面是发表的例子,我们也希望你发挥自己的聪明才智进行补充。

- 儿童可以使用材料展示故事的图像、雕塑或其他表现形式，以供观赏。
- 儿童可以运用道具创作故事，表演故事。
- 儿童可以选择音乐和舞蹈表现故事的情节和人物的情感。
- 儿童可以播放自己创作故事的视频。
- 儿童可以使用科学技术制作幻灯片或电影来分享故事。

我们将继续拓宽视野，让儿童发表故事，与观众交流自己的故事。雷恩维尔和戈德（2016）将科技手段作为分享故事的另一种强有力的方式，数字化讲故事在21世纪的生活中扮演着重要角色，他们描述了一个合作讲故事的经历。儿童以小组的方式，通过传递一只木制乌龟来口头讲述故事。当乌龟被传到每个儿童的手里时，他们要给故事增加细节。在接下来的几天里，教师用平板电脑上处于不同位置的乌龟影像代替了实物的木制乌龟。儿童再回到乌龟的故事，并"尝试"了不同的版本，通过讲述乌龟的行为来重新创作。雷恩维尔和戈德建议，教师可以拍一些静态照片，让儿童通过讲述照片中的图像来创作一个课堂故事，然后将这些图像放到视频剪辑软件中，儿童可以看到展示故事的幻灯片，演示另一种发表方式。我们决定在创客空间以及小组活动中尝试一下。

我们幼儿园的一个班级的孩子们一起用树枝、网和其他在户外教室和游戏区域找到的材料搭起了帐篷。幼儿园老师雷切尔给他们的制作过程的每一个部分都拍了照片，并引导他们用这些照片创作故事。下面是他们用数字化的方式讲故事和发表故事的一个例子。

儿童用找到的材料一起游戏和创作故事

"一天,我们去了公园,并建了一座堡垒。我们在里面玩,然后就回家了。我们还有一个营火会,朋友们也来到了营火会。我们玩得很开心!"

我们必须好好庆祝一下

最后,以某种庆祝形式结束一个单元的学习是重要的,这是一个好时机庆祝儿童作为故事创作者所学到的一切,同时也能让他们保持创作的动力,继续创作更多的故事。许多教师会在桌子上铺桌布,一起分享小吃,邀请特别的人来听或观看儿童的故事,从而使学习环境有所不同。花些时间回顾儿童的辛勤工作,但最重要的是,你要和儿童一起反思与庆祝,以下是有关庆祝活动的一些建议。

- 邀请家长或其他班级，甚至让儿童带着自己最喜欢的毛绒玩具，让他们复述自己的故事，同时全班一起享用小吃。
- 邀请家长、其他班级和志愿者听儿童在小组活动中创作的故事。允许儿童使用材料展示故事。
- 为儿童一年的学习活动举办一次展览，并主持一次博物馆漫步活动。儿童可以绕着已经发表的故事走一走，在便利贴上留下评论和赞美的话。
- 用一个记录板展示儿童已发表的作品，并邀请学校里的其他人参加庆祝活动。

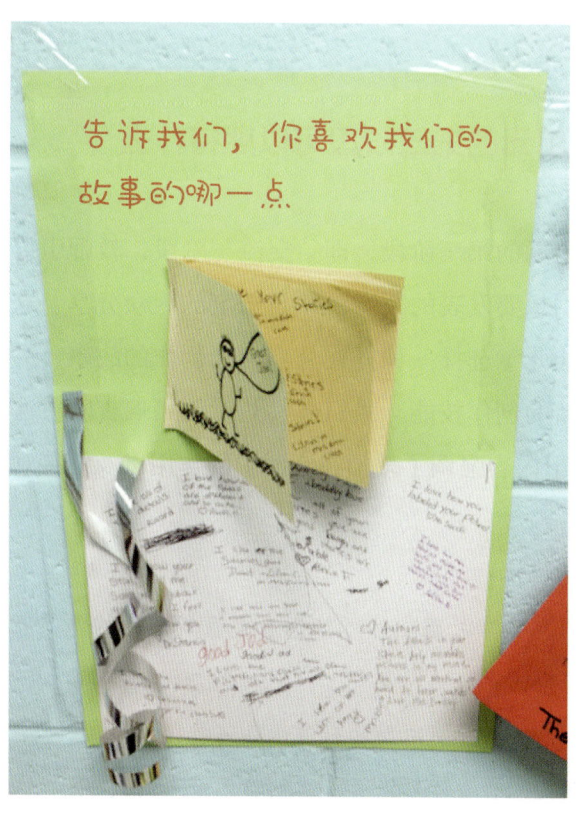

香农老师班上的儿童把自己发表的第一部作品挂在走廊上

关于有特殊权利儿童的建议

为了让所有早期学习者都能参与课程，我们的建议如下。

- 把儿童创作故事的过程用录像的方式记录下来，并在创客谈话时间播放。然后，复述儿童在视频中看到的情节。让儿童描述朋友在视频中正在做什么，这样儿童就能知道，自己的行为是有意义的，也知道自己是在游戏中创作故事。
- 展示儿童创作故事的照片，并让他们按照故事情节的发生顺序排列照片。
- 为儿童提供实物道具，让他们重新演绎自己的故事。

在第一单元的第三阶段可以期待什么

在故事创作单元的第三阶段，即"交流"阶段，教师引导儿童选择一个他们想要发表的故事，并与选定的观众分享。这个阶段的目标是让儿童选择一种方式分享自己创作的故事，并庆祝他们获得了新的创作技能。我们鼓励儿童使用瑞吉欧方法中的"语言"。以下内容强调了教师在实践中的作用以及期待观察到的儿童行为。

聚焦与探索的目标：

- 如何帮助朋友分享故事。你可能想看儿童就彼此的作品互相询问的视频；
- 通过选择一个故事并使用封面来演示如何包装故事；
- 学习故事范文，看看还可以用什么创作已发表的故事；
- 在教室图书角为已发表的作品设置专区；

- 与他人一起庆祝自己作为故事创作者所学到的一切。

教师在第一阶段的作用：
- 了解故事创作过程中的学习进度，为儿童和班级设定目标。

在游戏与创作过程中，教师可能观察到的儿童行为：
- 继续运用图片和视频分享故事，或者用材料重新创作故事；
- 根据自己的能力使用材料在一张至少有一张图片的纸上写作；
- 可能很难运用故事范文描述一个已发表的故事的创作过程，因为他们专注于复述书中的故事；
- 在发表故事以及与他人分享的过程中发展了能动性和个性；
- 开始真正地把自己看作故事创作者和作者。

结　　语

当儿童用不同的材料复述故事时，他们可能选择把故事写在纸上。这对教师来说是很重要的一步，教师可以直观地看到儿童在读写方面的进步。但我们也想让儿童明白，有很多种分享故事的方式，它们有助于儿童发掘自身的优势，充分表达自己所学到的东西。记住，要鼓励儿童独立或与他人合作创作故事，并花时间庆祝学习成果。在你完成第一次故事创作环后，我们期待与你一起庆祝。我们希望，你与我们交流你的故事以及你学到的经验，这样我们就可以在新的故事创作共同体中继续成长！

创客时间

以下是对一个母语非英语的儿童的记录,他叫胡安,他刚来到班级时几乎不会说英语,在年初没有讲过话,但是了解故事创作的过程。通过观察他的游戏以及记录他的动作,我们知道他在讲一些有创意的故事。几个月后,胡安进入了故事创作过程,并用玩水区的道具分享自己的故事。米歇尔老师叙述他的行为,胡安用粗体字提供单词。

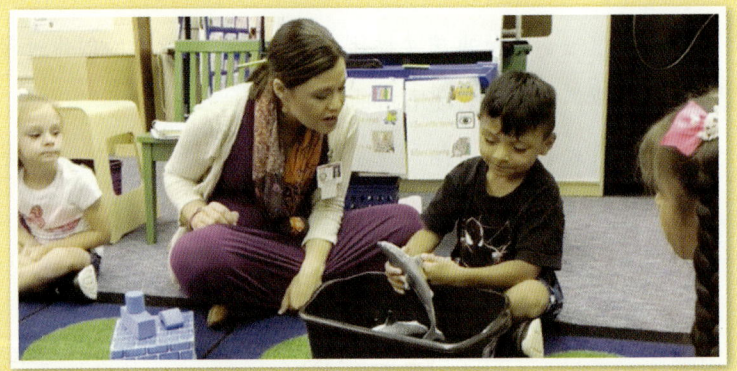

胡安在分享他的故事

"有一天,有两条鲨鱼。它们正在吃鱼,因为它们太饿了。它们感觉好多了,肚子饱饱的,就去睡觉了。"

第 7 章

记录的作用

记录为儿童和教师创造了机会

教师们永远都有笔记板、便利贴、照相机、铅笔或电子设备，他们倾听和观察。他们观察儿童对什么材料感兴趣，使用什么工具更熟练，如何与他人交流。他们记录儿童说了什么、做了什么以及儿童的互动方式，也记录儿童的故事表演和思考的方式，以及故事创作的过程和使用的材料。他们使用记录的信息来确定儿童在持续学习过程中的下一个步骤。这是一个苦差事，需要时间来学习。

每当我走进香农老师的教室，她都和儿童坐在一起，要么是在积木区，要么是在娃娃家或拼贴区，她周围都是儿童。儿童经常注意不到她，因为他们习惯了她坐着观察并做笔记，偶尔问一些问题来收集信息，或了解儿童的想法。香农老师的助理迪娜老师也一直和儿童在一起，她记录儿童的故事，为儿童的故事拍照，或者观察和倾听。香农老师注意到，儿童大部分时间都在拼贴区。她那周的目标是了解并记录儿童一周中在拼贴区里最感兴趣的材料。当她通过收集到的证据，了解了儿童使用相同材料创作故事的频率后，她就会知道哪些材料是儿童最喜欢的。她通过做笔记表明，如何在教室的其他区域支持儿童的创作。她巧妙地将儿童最喜欢的材料放在新的创客空间，从而促使儿童对未充分利用的空间产生新的好奇和兴趣。

米歇尔老师在香农老师的班级里记录儿童在预备区创作的故事

香农老师有一本笔记本，记录了儿童所创作的故事主题、使用的材料，以及创作的地点。她不是在故事创作的第一天就知道如何记录的，而是儿童创作了一个故事后，她才慢慢地开始拍照记录。后来，她更仔细地观察儿童，并在便利贴上做笔记，记下儿童的故事想法。随着时间的推移，她适时地提供前文提及的工具，并开始定期记录儿童的想法和使用的材料，这有助于她理解儿童的学习并确定接下来的步骤。

故事创作为教师和儿童分享共同经验和展示学习并确定下一步提供了很好的机会。观察儿童，注意他们最喜欢的创客空间、能激发他们的灵感的材料以及感兴趣的主题，这些都是记录的开始。儿童创作故事时，教师可以用照片或视频记录他们的想法和过程，从而提醒教师和儿童，他们在创作什么样的故事。记录为教师提供了成为故事创作者的机会，教师也可以创作关于特定儿童的学习发展、最喜欢的空间和分享经验的故事。

什么是记录

评价有多种类型。在我们所在的州，强制性的公立幼儿园评价是标准化的，且每年实施三次。我们被要求实施这项评价，但是我们也在班级中采用真实性评价过程。记录提供了一种让儿童的思考和学习可见的方法，它使我们能够观察和追随儿童的兴趣和问题；收集儿童学习的数据；做出明智的教学决定；并把这些信息分享给家长。记录也为教师提供了许多合作的机会，更了解自己作为教师和研究人员的角色，改进教学实践。

记录有几种不同的定义，但我们倾向于苏珊·斯泰茜（Susan Stacey）的观点，即记录"通过展示照片、作品样本和文本，让儿童和教师的思维和学习变得可见"（2015，ix）。教师如果不了解儿童的想法，就难以掌握他们的学习情况，并采取有意义的相关措施促进他们的学习。

学习记录

很多幼儿园教师已经在教室里使用各种各样的工具（如评价分数、儿童档案、识字清单、工作任务、出勤记录）记录了很多事情，因此在故事创作过程中学习记录是教学实践中最基础的部分。对其他人来说，这是个开始。那么，让我们开始吧！

学会记录的技巧需要时间，这是一个过程，不可能一蹴而就。教师学习记录，通常会经历几个发展阶段。希拉里·塞茨（Hilary Seitz）在《记录在早期教育中的力量》（The Power of Documentation in the Early Childhood Classroom，2008）一文中命名了各个阶段。我们用苏珊·斯泰茜的假设和教师们的经验来补充她的描述。这些阶段类似于学习过程，每一步都是朝着一个标准或目标前进的。目标是确定教师在这个连续过程中的知识水平，并计划接下来的步骤，以确定下一步要做什么。本节详细介绍了记录在故事创作中的实际应用，以及在这个连续过程中的操作步骤。

这不是比赛，没有人要求你快速完成这些阶段。你可以按照自己的节奏记录儿童的工作、学习和进步情况，这会让故事创作变得更好。

第 一 步

开始记录

教师最初会犯的一个错误是想要记录一切。这可能会让你无从下手，所以只能一步一步来。最初，你可能只是简单地把儿童作品的图片张贴在公告栏上，或记录儿童关于某一事件的评论，但这会让儿童意识到，你很看重他们的作品和他们所说的话。《以创客为中心的学习：让儿童创造自己的世界》（Maker-Centered Learning: Empowering Young People to Shape Their Worlds）的作者认为，"可见的工具、材料和儿童作品越多，儿童就越可能建立新的联系"（Clapp et al.，2017，45）。

苏珊·斯泰茜在《儿童教育记录：分享儿童的学习和教师的思考》（Pedagogical Documentation in Early Childhood: Shar-

ing Children's Learning and Teachers' Thinking，2015）中提到，应从儿童的游戏、互动以及他们使用的材料开始观察，并思考他们在学什么或是如何学习的。她提醒我们，一开始只需要关注一个问题。通过保留与你正在研究的问题特别相关的笔记和照片来开始你的观察。我们最初关注的问题，如创客空间的哪些材料最吸引儿童？我们的自然行走是如何启发故事创作的？儿童开始故事时的哪些方式是我们可以在焦点课程上强调的？

> 埃莉森：我和我妈妈的故事。我和我的妈妈一起去了城堡，我在里面玩。我正在一旁玩我的城堡玩具，然后妈妈叫我把玩具放下。妈妈说"你吃块饼干吧"，我很开心地吃饼干。结束。
>
> 泽维尔：我和小猫的故事。我正在抚摩我的小猫，然后就和它一起上床了。它大力地踢了我，然后我们就醒了。它开始喵喵叫，我抚摩它。然后它又开始睡觉了。结束。

安杰拉老师在教室中开始记录时的一个例子，她在拼贴区记录儿童的口述内容

探索技术

这一步告诉我们应使用什么设备来拍照或录像，以及如何拍照、下载图片，将它们保存在电子文件中并打印出来。照片和视频只有在被使用时才真正有价值。对某些人来说，这一步很自然，因为许多教师已经是使用这些技术设备的"大师"了。但对其他人来说，这是比较困难的过程。我们的许多教师使用自己的手机。请查找相关说明，明确自己所在地是否允许教师用个人的设备进行记录。我们还为教师订购了迷你平板电脑，但有些教师用自己的计算机拍照和记录。一开始，是否使用技术并不是硬性规定，因为这只是整个过程中的一步。作为技术的替代品，我们的教师已经开发了一些其他的记录形式，用以

记录儿童的口述内容、对话、粘贴真实的照片或涂鸦、画画，保存儿童故事的细节。

最重要的是，建立一个有组织的系统，这对你的班级很有意义。一些教师使用电子设备工作，而另一些教师在教室里四处放着写字板，还有一些教师在需要时随手在教室里贴便利贴。如果我们的记录形式对你有帮助，你就可以自由使用或调整它们来满足自己的需求。

下一步

接下来的几步提供了实用的信息和技巧，有助于教师了解如何以实用的方式应用记录。克列切夫斯基、马德尔、里瓦德和威尔逊（Krechevsky, Mardell, Rivard, & Wilson, 2013）提供的框架有助于我们概述记录的基本步骤。我们一般以教师的建议作为讨论的框架，但克列切夫斯基等人"认为不同背景下的教师、儿童和其他人都可以参与和交流学习，由此他们提出了记录的四个核心，即观察、记录、解读和分享"（77）。我们将在故事创作的过程中详细介绍每一种实践，并描述它们如何有助于评价儿童的学习。

观察

在这个阶段，记录者可以专注于记录的目的。如果要将记录与探究过程保持一致，那么观察就是第一阶段。它需要教师观察和倾听儿童。谁在做什么？和谁？为什么？怎么样？这是评价的一部分。这意味着，你需要核查，你认为在儿童参与和学习中可能会发生的事情是不是真的发生了。

虽然观察听起来很容易，但要停下来专注于观察却很难。与儿童一起工作，你已经习惯了处理多种突发事件、高效率地工作而且从不放慢节奏，以至于当你观察儿童的时候会感觉自己什么都没做。即使你觉得自己什么都没有做，但你在关注儿童的行动、参与、情感、互动和对话时，你确实是在做有意义的工作。当教师能够包容自己与儿童的误解，体验意想不到的结果，并注意到儿童在理解和参与中的收获时，最有效的观察就会发生。

一些教师在开始记录时遇到的一个困难是，不知道应该观察和记录什么。就像斯泰茜一样，克列切夫斯基等人认为，"明确问题有助于我们关注和收集数据信息，并对其加强分析"（2013，78）。另一方面，沃姆（Wurm）认为，"最简单的方法可能是选择一天中的某个时间或教室的某个区域，观察一两周甚至三周"（2005，104）。

如果你还没有重点关注的问题，那么你可以选择一个时间、一个空间、一个儿童来集中观察。在故事创作的过程中，儿童发挥想象力来表演、创作和分享故事。教师可以自然地关注故事创作过程中的任何一个组成部分。有效的观察也包括观察儿童对材料的使用、特定的故事部分、儿童的写作及互动，或者他们在创作复杂故事方面的熟练程度。教师为了帮助儿童获得灵感会仔细思考课程计划，同时儿童对新材料和新经验有天生的好奇心，所以他们通常会在故事创作过程中积极参与，然后由教师决定记录和反思儿童参与活动的哪些部分。

有些教师所做的记录包括事件、儿童和空间。一位教师记录了附近一个建筑工人在工作的事情，儿童对此很好奇，于是教师决定出去走走，让儿童看一看施工过程。她记录了儿童在观看时的评论，回到教室后，他们讨论自己的想法，做了一张图表，阐述了工作、安全帽、建筑、卡车、起重机。这有助于儿童创作各种各样的故事。当儿童陷入困境或失去兴趣时，教师可以查阅记录。她认为，儿童对机器最感兴趣，这促使儿童探究建筑业所用的机器，并创作了许多故事。

记录

故事创作提供了做轶事记录的理想机会。记录儿童的对话、讲述的故事、拍摄的照片或选择和使用的绘画材料，展示了儿童是如何通过它们进行故事创作并促进学习的。这些记录可以在第二天作为儿童修改故事的参考。当照片、录像或故事文本对儿童起到提醒作用时，儿童会增添细节、情感来扩充故事。这些记录也可以作为激发灵感的具体范例或亮点，有助于儿童在分享故事时公开发表自己的故事，也有助于展现整个故事或儿童参与故事创作的过程。

在《瑞吉欧的工作方式：美国教师的入门指导》(*Working in the Reggio Way: A Beginner's Guide for American Teachers*, 2005) 中，沃姆描述了在一个特定学习项目中按时间顺序对所发生的事件的记录。描述的内容与记录故事创作的时间顺序是一致的，尤其是某个特定儿童的故事创作。教师使用笔记本做记录，并根据每个儿童的名字按时间顺序排列。记录者可以在照片中添加文本，或写下儿童的口述内容，并对儿童的观察、想法和反思做轶事记录。

我们编制了三种记录表格，教师经常用它们记录儿童的故事创作。附录会有这些表格的副本。下面是对每种表格的描述以及具体的示例。

故事创作状态记录表。我们建议，采用故事创作状态记录表开始记录。该表格便于教师记录班级中每个儿童所使用的材料（如橡皮泥）、创客空间（如拼贴区）和故事想法（如一家人

去公园)。它可以被用于焦点课程的想象部分,有助于教师通过观察每个儿童在一周课程中想象的内容来理解他们的学习模式。同时还可以使用编码和其他标记,这样就可以确定教师和个别儿童讨论的次数,以及更好地选择儿童来分享故事。

☑ 讨论 ★ 分享	故事创作状态记录表(全班) 拼贴材料 培乐多 再创作 水彩 谁 什么 感觉				
儿童的姓名	日期: 9/9	日期: 9/16	日期: 9/22	日期: 10/27	日期: 12/1
阿尼西亚	拼贴活动 小狗和海滩 ✓	娃娃家 故事	培乐多 需要想象故事	拼贴活动 鱼悲伤而死	蓝色培乐多 爸爸受伤
胡安	积木活动 需要想象故事	拼贴活动 ✓ 需要想象故事	积木活动 ✓ 鱼吃青蛙	浴盆活动 2条鲨鱼吃东西	蓝色培乐多 开心地吃蛋糕
奥德丽	积木活动 小狗的故事	积木活动 怪兽的故事	艺术活动 ✓ 重新创作小狗的故事 ★	浴盆活动 海滩上的故事	艺术和积木活动 重新创作海滩的故事 ★
艾莉森	拼贴活动 ✓ 公主的故事	培乐多 小青蛙的故事	拼贴活动 做一个池塘	拼贴活动 加上更多的细节	粉色橡皮泥 小狗兴奋地用爪子挠地 ✓

故事创作状态记录表有助于教师了解全班儿童的故事

故事创作记录表。 熟练地记录基本信息之后,教师要进行详细的描述。在游戏和创作期间,建议教师记录儿童讲述的故事内容。故事创作记录允许教师只记录故事,并为记录之后的三次交流留出空间。你要写下儿童用来创作故事的材料,以及他们在分享故事之前是否解释过故事的内容。然后,把儿童在讲述部分所说的内容准确地写在表格上记录他们的故事。你可以问儿童,作为一个故事创作者,下一步想做什么,并将其写在创作目标部分。教师也可以在这里记录儿童需要进一步指导的地方。

故事创作记录表有助于教师记录某个儿童的故事和接下来的活动

故事创作记录表		
故事创作者：布伦达		日期：2/28
探究 你的故事是关于什么的	口述故事记录 儿童口述故事的笔记	下一步 下次活动要核对的 行动计划
材料 积木 故事想法	一个阳光明媚的日子，我妈妈去了超市，她买了橘子、香蕉，她就回家了。	故事创作目标 将关于厨房的笔记材料复述一遍

故事创作者：卡桑德拉		日期：2/28
探究 你的故事是关于什么的	口述故事记录 儿童口述故事的笔记	下一步 下次活动要核对的 行动计划
材料 故事想法		故事创作目标

故事创作照片记录表。故事创作照片记录表不仅记录儿童创作和分享的故事，还记录其创作故事的照片，有助于教师充分记录。它包括故事创作记录的所有信息，也包括儿童用特定材料创作故事的照片。

我们建议教师采用全班的故事创作状态记录表，以规划整个小组的焦点课程，然后选择单独的记录表格，这样就可以记录每个儿童的故事创作过程。

第 7 章 记录的作用　171

故事创作照片记录表包括儿童的故事和照片

故事创作照片记录表

故事创作者： 艾莉森　　　　　　　　　　　**日期：** 10/13

探究：你的故事是关于什么的	
材料 　　　拼贴材料	故事想法 　　　去池塘

故事记录

口述故事记录

有一天，我的池塘上到处漂着东西。我看到一堆闪闪发光的石头和三个小球。这有太趣了！我看到了三个小球，池塘里没有荷花。我看到一颗美味的松果，就把它吃了。我看到了一个球球，它就在那一堆闪闪发光的石头后面。

下一步：下次活动要核对的行动计划

故事创作的目标
　　　　　重新创作故事，她想去艺术区

为了使焦点课程更有意义和吸引人，你需要记录儿童的创作过程、部分故事、材料和最终作品。在焦点课程中，可以把记录的样本作为示例。儿童喜欢看到自己的作品，也会对朋友的故事创作成果给予积极的回应。这也是庆祝儿童的成果和分享故事的一种方式。

解读

到目前为止，通过观察和记录，我们有足够的资源进行一次精美的展示，但是为了使记录具有意义，我们必须对其进行解读。我们必须对人工制品和观察做些什么以确保儿童的持续学习。苏珊·斯泰茜将其称为"明确记录的目的……才会使学习有意义"（2015，20）。解读并不容易，它需要注意、时间和专业知识。当与同事和朋友合作时，解读更容易，因为他们可以用不同的视角查看你的记录，提供新颖的、不同的想法，并且可能会涉及各种领域的专业知识和经验，这可以帮助你识别需求并推动儿童的学习。

罗宾和雷切尔老师通过回顾记录来了解儿童学到了什么

通常，我们"当下"对一个事件或经验的看法与稍后反思时的观点有所不同。记录可以中断我们正在发生的思考，并可以作为真实情况的证据。对观察和记录的解读可以阐明学习者学到了什么，可以做什么，以及他们处于持续学习过程中的哪个阶段，这样我们就可以确定他们的下一步发展。解读的过程可以使教师针对自己的教学决策进行专业的对话；以儿童的作品和数据为基础进行讨论；详述儿童的作品和其他资料；并且可以作为专业发展和学习的平台。正是这个过程使记录成为推动成人和儿童不断向前发展的有价值的过程。

观察和记录为解读儿童的学习提供了证据。一句简单的话，如："三天来，你一直在玩积木并进行故事创作，今天你想在什么空间创作故事呢？"这表明教师已经注意到儿童的行为，并意识到儿童需要在一个新的空间尝试创作故事。在另一个例子中，这位老师评论道："我今天看记录时，发现你最近没有写新的故事。当你游戏时，什么材料有助于你想象故事呢？"当儿童困惑于某个特定的空间、材料、主题或故事时，解读记录的内容是非常有效的，可以帮助教师推进儿童的故事创作。

分享

根据记录的目的，你可以选择与儿童、家长和其他教师分享故事创作记录。

安杰拉老师向史蒂文展示了他的故事记录，并讨论了他在小鱼故事中想要修改的部分

儿童。在每天的故事创作过程中，可以通过多种方式与儿童分享记录。

- 利用儿童创作故事或使用材料的照片和视频有助于教师在焦点课程上阐述教学重点。
- 在每个创客空间张贴儿童使用各种材料的照片，以展示这些材料的正确用途，这也为儿童如何使用这些材料创作故事提供了想法。
- 每天使用记录支持儿童分享故事。参与创客谈话时间的儿童可以用故事创作中的照片和录像来回忆自己的故事并获得视觉线索。
- 使用教师为儿童的学习所做的记录与儿童交谈其学习内容，如教师希望他在哪个特定的领域继续学习，或强化学习的新方法。例如，萨莉老师在与儿童讨论如何想出新的故事时查阅了记录，并说："阿里尔，我在这些图片中发现你最后的三个场景都是在城堡里。你想看看这些书并想出一个新的场景，把它应用到你的故事中吗？"

在专业的学习共同体中，教师记录自己的解读并进行讨论和分享

家长。对家长来说，分享也是一个特殊的环节。如果你持续记录儿童故事创作的过程，家长就会了解整个单元中儿童的故事、学习和好奇心。这将为家长与教师的交流提供一个契机，他们能更好地支持儿童在班级中的学习，也能够创造一种具有

包容性的故事创作文化。在这种文化中，家长发挥着至关重要的作用。很棒的是，让家长成为学习共同体的一部分，记录提供了一种途径，可以让家长更好地了解班级中的学习和事件。我们的教师经常在走廊上张贴故事记录，家长送儿童上学时就能看到。教师也可以使用易于操作的软件，让家长每天都能得到最新消息。如果你更喜欢数字通信，那么这对你来说是个不错的选择。

其他教师。与其他教师分享你的记录，有助于你用更多专业知识和新的视角解读记录。一个专业的学习共同体是使你与他人在故事创作的过程中更好地分享记录、思考、解读以及下一步指导的理想环境。

最后一步

"记录者将作品样本、照片、说明和其他信息整合在一起，支持儿童的整体学习。他们用具有支持性的人工制品讲述故事的开头、中间和结尾"（Seitz，2008，92）。对一个儿童来说，"完整"的故事可能是重复创作的故事，他们利用不同材料创作的故事，最后发表或分享的故事。也可以说，它是一个儿童在不同时间所创作的几个故事的集合，展现了创作期间儿童在口头语言、材料的使用及其他读写能力方面的发展。它可以是对整个班级儿童在社会—情感领域的进步和在故事创作过程中合作创作故事的过程的研究——教室里儿童个人或合作的故事，都可能反映儿童的学习情况。

理想情况下，成人和儿童都可以记录。在班级里，当儿童看到教师演示和运用记录进行回顾、反思并继续学习时，记录就成为一种惯例。儿童每天都会在自己的工作中看到价值，可以很容易地学会为自己的故事拍照或画画。我们之前提到的教师记录步骤（观察、记录、解读和分享）也是儿童可以学习的记录步骤。儿童可以从拍摄故事创作的材料、过程和最终作品，在分享时记录自己的表现，把记录分享给家人和其他学习共同体中获得乐趣。

关于有特殊权利儿童的建议

故事创作尊重儿童的多元读写能力（做标记、跳舞、唱歌、建构、编织）的发展，记录也是如此。所有儿童都可以以某种方式使用他们的作品的照片。他们可能只是兴奋于认出了自己，或者用照片作为背景创作另一个故事，又或者是表达某样东西是他们的。所有儿童都有故事要讲，但要靠教师去捕捉它们。故事创作尊重所有的故事，无论故事的材料、复杂性或创作速度如何。当儿童创作故事时，他们将更好地认识自己和了解世界。

> **·来自故事现场的声音·**
>
> 你最喜欢故事创作的哪个部分？
>
> "看到儿童伴随着故事创作的推进而健康成长。因为他们的创造力胜过我能想到的一切，有时候我不得不放弃演示，让他们自由发挥，因为他们的想法比我的好。"
>
> ——塔拉，一位幼儿园教师

- 你可能会在一些照片上写单词或语句，从而标注儿童想要表达的内容。如果它们被用于提醒故事或事件，那么可以在照片的顶部标注。照片可以成为故事创作过程中的一部分，有助于增加儿童的词汇量，或是儿童成为故事创作者的见证。
- 按时间顺序拍摄儿童创作故事时的照片，为他们提供分享的机会。他们能够以记录为指南，通过指出、写下、表演来分享自己的故事。
- 记录对所有儿童都是一样的，从观察开始。当你观察有语言障碍或有其他需要的儿童时，可以观察他们喜欢什么，去了哪里，如何接触材料。在故事创作过程中，为儿童拍照。如果儿童不知道如何创作，那么教师可以开设焦点课程演示创作过程。如果儿童不用语言表达，那么教师可以使用照片说明他们在照片中做了什么，同时让儿童指出你正在描述的情节和材料。

结　　语

学习记录是一个过程，需要时间，当你开始拓展专业知识，使用记录来衡量儿童各个领域的学习情况时，或记录儿童的兴趣、参与、需要以及学习进展时，它能很好地提供帮助。希望你通过阅读本章，可以了解提高自己的记录技能的方法。你可以从适合自己的教学风格的方式开始，这有助于你捕捉儿童的故事、学习和生活。

创 客 时 间

今年年初，洛丽老师和助手邀请儿童分享故事。她们在白纸上快速地写下儿童的故事，因此儿童可以用材料来读单词了。

洛丽老师把伊莱贾的故事记录在纸上

在故事创作的几个月后,洛丽老师开始为分享故事的儿童拍照或录像。她开始用技术记录游戏、制作和分享过程。以下是她记录的埃米莉的故事。

洛丽老师为分享故事的埃米莉录像

"小猪出门,滑了一跤,摔倒在地。"

到了年底，洛丽老师成为记录方面的专家。她设置了一个文件夹，然后扫描、上传了每个儿童的照片和作品。下面是她为 4 岁的杰森的故事所做的记录。

杰森创作的蜘蛛故事的扫描样本

附 录

故事创作状态记录表(全班)

儿童的姓名	日期:	日期:	日期:	日期:	日期:

故事创作记录表

故事创作者：_____ 日期：_____

探究 你的故事是关于什么的	口述故事记录 儿童口述故事的笔记	下一步 下次活动要核对的行动计划
材料 故事想法		故事创作目标

故事创作者：_____ 日期：_____

探究 你的故事是关于什么的	口述故事记录 儿童口述故事的笔记	下一步 下次活动要核对的行动计划
材料 故事想法		故事创作目标

故事创作者：_____ 日期：_____

探究 你的故事是关于什么的	口述故事记录 儿童口述故事的笔记	下一步 下次活动要核对的行动计划
材料 故事想法		故事创作目标

故事创作照片记录表

故事创作者:_____　　　　　　　　　　日期:_____

探究：你的故事是关于什么的	
材料	故事想法

故事记录

口述故事记录

下一步：下次活动要核对的行动计划
故事创作的目标

参考文献 *

Barell, John. 2008. *Why Are School Buses Always Yellow: Teaching for Inquiry*, PreK–5. Thousand Oaks, CA: Corwin Press.

——. 2013. *Did You Ever Wonder: Fostering Curiosity Here, There and Everywhere*. Berwickupon-Tweed, UK: Martins the Printers Ltd.

——. 2015. *Problem-Based Learning: An Inquiry Approach*. Thousand Oaks, CA: Corwin.

Bennett-Armistead, Susan, Nell Duke, Annie Moses, and Catherine Snow. 2005. *Literacy and the Youngest Learner: Best Practices of Educators of Children for Birth to Five*. New York: Scholastic.

Bodrova, Elena, and Deborah Leong. 2007. *Tools of the Mind: The Vygotskian Approach to Early Childhood Education*. Upper Saddle River, NJ: Pearson.

Bomer, Randy. 2003. "Things That Make Kids Smart: A Vygotskian Perspective on Concrete Tool Use in Primary Literacy Classrooms." *Journal of Early Childhood Literacy* 3(3): 223–47.

---

* 为了环保，也为了节省您的购书开支，本书参考文献不在此一一列出。如果您需要完整的参考文献，请通过电子邮箱 1012305542@qq.com 联系下载，或者登录 www.wqedu.com 下载。您在下载中遇到问题，可拨打 010-65181109 咨询。